Senryu

日本の風刺詩 川柳

R. H. ブライス＝著／西原克政＝訳

花伝社

まえがき

　正誤の判断は別にして、わたしなりに、川柳を味わうには俳句の理解を通してするのが最適であると考える。このアプローチは、歴史的に見ても正しいといえるのではないだろうか。というのも、俳句のほうが川柳よりもおよそ百年前に誕生したからである。ウィリアム・ワーズワス（1770-1850）の詩行が、わたしには思い起こされる。それは、「わたしにとって自然は」から始まり、「すべて人間の精神であり、わたしの詩の中心世界である」と続くあの詩行である。本書の「序論」において、わたしは俳句と比較対照しながら、川柳の本質を導き出そうと努めた。両者は、日本人の精神性や理想主義の考え方を集約するのと同時に、透徹した現実主義をほとんど完璧なまでに映し出し、その内にある人間の精神の双曲性、つまり創造と破壊、「静謐な喜びの世界」[1] と「神々しい争い」[2] とを併せ持っている。

　ここに訳出した川柳の選択の基準は、ウィリアム・ハズリット（1778-1830）の次のことばに集約されている。すなわち「興味を掻き立てるものこそ興味深い」。「興味を掻き立てる」ということばをもっとも広がりのある深淵な意味で用いながら、これこそが批評の唯一無二の価値判断の基準であると信じる。一般の日本人ならびに特に有識者の人々の川柳に対する評価は手きびしい。これは、まったくもって不当な扱いといわざるをえない。川柳は、文学としても文化としても、高い評価に値するものである。まさに「人生の批評」であり、内に哲学を秘め、言外の含みに、堅苦しい言い回しにはない、美徳と不易の要素が詰まっている。この人生哲学とはなんであろう。含蓄に富んだ俳句の哲学と似てはいるものの、まったく別物である川柳は、知性の光を帯びようとは

しない。川柳は、理性的処理に簡単に屈するものではない。川柳にはもちろん意味はあるが、川柳と分離させてその意味だけを取り出すわけにはいかない。

わたしの所蔵する木村半文銭の『川柳作法』（1926）の現代川柳選の冒頭の上部に、鉛筆書きで次のような文句が記されている。

川柳は二度読むものではない。いかに良い句であろうとも。

これは、ある意味で真実であるが、悪い意味で殺し文句である。なぜなら、騙し、騙されたいという欲望が、川柳を二度と読みたくない気持ちにさせるからである。われわれは、この現実世界の浮世をしばし忘れたいと望むゆえに、ひとつの方法として俳句を実践する。たしかに、理想主義だけでなく現実主義も、その有限と無限を持っている。理想主義は過去と未来のあらゆる空間から出来上がっている。それに対し現実主義は、ここといまの現在の瞬間からなり、唯一の生きているものである。川柳は「いまここに」われわれを連れ戻してくれる。俳句は「たえず過去か未来に隣接している」ものである。二つともわれわれの人生になくてはならないもので、行くものと帰ってくるものであるが、結局人生は愛と同様、身近な家庭から始まる。

この本は、まず本文である「川柳名句選」を読んでから、堅苦しい「序論」を読むのが順序として適切かもしれないが、おそらく読者のみなさんの多くは「序論」なんかは読み飛ばされるに違いない。

本書の挿絵の大部分は、1946年に亡くなられた谷脇素文氏の筆によるもの。残念なことに、原画は戦争中に失われてしまった。彼の絵の特色は、なんといっても、残酷さのないユーモアの勝利である。彩色刷りの挿絵は、俳画の興趣に似ていて、古川柳の恨み節や才知の乏しいものとは違った、新たな時代の川柳の到来を

告げている。挿絵に関しては、講談社より寛大な転載許可が得られたことを特記しておきたい。

　原稿をタイプし清書してくださった、千葉俊子さんには深甚の感謝を述べさせていただきたい。川柳の翻訳も手伝ってくださったうえ、解釈についても多大なるヒントを与えていただいたことは、まさに幸運としかいいようがない。

R. H. ブライス

　1949 年 9 月　東京

〈原注〉
1　D. H. ロレンスのエッセイ「ヤマアラシの死についての省察」より。
2　マシュー・アーノルドの詩「道徳」より。

〈凡例〉

1　本書は R. H. Blyth. *Senryu: Japanese Satirical Verses*, The Hokuseido Press, 1949 の翻訳である。「はしがき」を除いて、本文は第一部の「序論」が全体の四分の一ほどを占め、残りは第二部で、著者による選択と解説の付された「川柳名句選」からなっている。

2　原著では、川柳ならびに俳句ならびに和歌の原文に著者の英訳が添えられていて、この英訳が原文の理解を助ける重要な役割を果たしているので、著者の本領が発揮されている英訳を味わっていただきたい。作者不詳の古川柳（「古」で記されている）と作者の明らかな川柳そして俳句ならびに和歌の英訳は、微妙ながらも、詩行の字下げの行の違いで区別している。ちなみに、川柳は古川柳も作者名のある川柳も字下げは同じで、俳句は川柳と違う字下げにしている。本文に二首だけ引用されている和歌の英訳の一例も挙げておく。

《例》

[川柳]　煮うり屋の柱は馬に食われけり　　　古

　　　　　　　The post

　　　　　　　　　Of the cheap eating-house

　　　　　　　Was eaten by the horse.

[俳句]　道のべの木槿は馬に食われけり　　　芭蕉

　　　　　　　　The Rose of Sharon

　　　　　　　By the road-side,

　　　　　　　　　Was eaten by my horse.　　　*Basho*

[和歌]　心なき身にもあはれは知られけり

　　　　　　　鴫立つ沢の秋の夕暮　　　西行

　　　　　　　　　Even in the mind

　　　　　　　Of the mindless one

　　　　　　　　　Arises grief,

　　　　　　When the snipe wings up from the marsh

　　　　　　　　In the autumn evening.　　　*Saigyo*

3　固有名詞の人名表記の初出の後にのみ、（　）に生年と没年を補っている。

それ以外の（　　）は原著者による補足説明で、［　　］は訳者の補足説明で区別しやすいように活字の級数を下げている。

4　本書が刊行された翌年の 1950 年に出版された『世界の諷刺詩川柳』は、R. H. ブライスと吉田機司による共著の形で、日本出版協同株式會社から出された。前年の英文の著作が英語圏の読者を対象としたものであったのに対し、こちらの少なくともブライスの分担執筆の方は英文学に造詣の深いひとりのイギリス人の目を通して見た川柳の本質を、前年の英文著作の一部を援用しつつ、みずから選択した川柳の句解を「人生画川柳」と題する箇所で披歴しており、ここの部分は英文著作を日本語に移したものであるが、量的には全体のごくわずかである。しかし、この『世界の諷刺詩川柳』は、厳密な意味での前年刊行された本書の翻訳と著者自身が断っていないので、著者も別物と考えているふしがあることを、訳者として申し添えておきたい。

5　本書には、今日の人権感覚からすれば不適切・不適当な表現があるが、作品発表当時の時代背景や本書の歴史的資料としての希少価値、ならびに著者が故人であることを鑑み、底本を尊重して翻訳した。

日本の風刺詩　川柳◆目次

まえがき …… 1

〈凡例〉 …… 4

I　序論

川柳と俳句 …… 20

結論　53

川柳の起源と技法 …… 56

語彙と統語法〔シンタックス〕　59

詩的簡潔　59

擬人法　59

話しことば　60

川柳の作り方　60

風俗習慣の写し絵としての川柳　61

詞書〔ことばがき〕　63

匿名性　63

選句の基準　64

結論　64

6

II 川柳名句選

女 …… 68

子 …… 77

母 …… 85

父 …… 90

女房 …… 98

亭主 …… 106

姑 …… 111

そのほかの間柄 …… 113

職業 …… 125

動物 …… 151

事物 …… 161

歴史 …… 169

心理 …… 173

生活 …… 201

訳者あとがき …… 242

SENRYU

Japanese Satirical Verses

Translated and Explained by R. H. Blyth
Originally published by The Hokuseido Press in 1949
Original edition © R. H. Blyth
This edition is published by arrangement with Norman Waddell.

Ⅰ
序論

川柳は、自然の事物ではなく人間の本質への「瞬間の幻」を表現するものである。物それ自体が精神とともに輝きだすのを目の当たりにするのではない。人生を未知のかなたの不可知のゴールへと向かってゆくものとは考えないで、ひとびとの生活の流れが突然中断され、細部や秘密の動機そして隠れた思想がことばで表される。

　俳句は事物の生命に宿るつかの間の波動であり、われわれが詩を読むときに遭遇する、ワーズワス（1770-1850）のいう「時点（スポッツ・オブ・タイム）」［生命を蘇らせてくれる力で、過去の大切な経験の断片的な記憶のイメージのこと］である。川柳はというと、小説のあの心痛む瞬間を現出させ、なかにはまさに17音節［5・7・5］からなる「中編小説（ノベレッテ）」と呼べそうなものである。

鏡とぎぬすんだ女郎見出して来　　　　　古

The mirror-polisher

Recognises

The stolen courtezan.

女が恋仲の男と駆け落ちした。持ってゆくものがなにもなかったが、古い鏡があるのに気づく。金属製で、表面は曇り色あせていた。ある日、鏡磨（かがみとぎ）が通るのを耳にし、呼び止めて鏡を磨いてもらった。ところが、鏡磨は彼女の正体に気づいて、奉行所に通達すると、彼女は吉原に連れ戻された。

　次の川柳は、ウィリアム・ホガース（1697-1764）の一連の銅版画のような、もっとも痛ましい意味深長な奥行きが感じられる。

片棒をかつぐゆうべの鰒（ふぐ）仲間　　　　古

This coffin-bearer

Was last night

At the feast of swell-fish.

日本人は、しばしば命にかかわるというのに、フグが大好物である。前の晩この危険極まりない魚を食べ、仲間のひとりが亡く

なった。昨晩同席し同じように食べた男が、その後具合が悪く
なってはいないものの、死んだ仲間のために棺桶担ぎを買ってで
た。けれども見る見るうちに顔は青ざめ、よからぬ可能性に心乱
れてしまうのだった。

　川柳と比べると、俳句のほうがいたって簡潔である。つまりわ
れわれの生活のすべての不快な問題は取り上げなくてよいのであ
る。

青柳の泥にしだるゝ汐干かな　　　　　芭蕉

The green willow

Hangs down in the mud,

At the low tide　　　　　*Basho*

もう一句見ておこう。

木枯や竹にかくれてしづまりぬ　　　　芭蕉

The winter storm

Hid in the bamboos,

And died away.　　　　　*Basho*

木枯が突然竹林を揺らし、暗い内奥まで突き抜けると、あたりは
ふたたび静寂を取り戻す。突風は吸い込まれ溶けて同化し、芭蕉
（1644-94）のいうとおり、竹に隠れる。事態は無から生じ無へと
帰っていく。そこには因果関係はあるが、同時に結果なき原因や
原因なき結果もある。この世は理によって作られているが、竹の
揺らぎとその後の静寂は神秘に包まれている。

蜻蛉やとりつきかねし草の上　　　　　芭蕉

The dragon-fly

Could not alight

On the blade of grass.　　　　　*Basho*

草の葉があまりにも不安定なのか風が吹いているのか、それとも
虫のほうにぎこちなさがあるのか。理由はともかく、とんぼは草
の上に執拗にとまろうと繰り返す。これこそ生命の根源の表れで

あろう。

冬庭や月も糸なる蟲の吟　　　　　　　　芭蕉

> In the winter garden,
> The moon is a thread,
> The voice of insects too.　　*Basho*

庭の緑はすべて枯れ、木々は丸裸である。細い三日月がまるで髪
の一束のように空にかかる。虫の音もかぼそく消え入りそうで、
一本の音の糸のようである。

　芭蕉と彼の真の弟子たちには、俳句とは自然の清らかさを持っ
ているものであった。俳人の望みは、マシュー・アーノルド
（1822-88）の詩「ケンジントン公園にて」の詩人の願いと相通じ
るものがある。

> 万物の静謐な魂よ！　それをわたしのものと
> 感じ取れるようにしてくれ、町の喧騒の中にあっても、
> そこにおまえの平安が息づき
> ひとには作り出せない、不滅のささやきよ！

芭蕉は、17世紀後半、単純性・反知性・反感傷性の深淵さであ
る「侘び寂び」、いいかえると、日本の詩が過去千年にわたって
醸成してきた「宗教的」生き方は、本質的に自然の中にあるもの
として、それに没入することで自然に働きかけようとした。
　しかし同時に、芭蕉の同時代人で彼の弟子であった其角にはっ
きりと見てとれるように、反作用の傾向といえる、人間を詩の中
心に据え、機知や知性を働かせて、人生の不和、人と自然や現実
と理想、欲望と達成、などの対照をあぶりだすのである。以下に
続く一連の作品は、其角の俳句である。

我雪と思へば軽し笠の上

> Being my own,
> The snow on my bamboo hat
> Feels light.

憎まれてながらふる人冬の蝿

> He is a winter fly,
> Disliked,
> But long-lived.

次の有名な句は、ユーモアと誇張という点で、川柳といっていい。

鐘一つ売れぬ日はなし江戸の春

> These great temple bells,—
> Not a day passes but one is sold,—
> Edo in spring!

しかし、これが川柳ならば、おそらく火の見やぐらの上の半鐘が
ひっきりなしに毎日売れ、間に合わないほど江戸の火事が頻繁に
起こった、という意味に限定されるだろう。

猫に食はれしを蟋蟀の妻はすだくらん

> The wife of the cricket
> Bemoans, perchance,
> His being eaten by a cat.

阿呆とは鹿も見るらん鳴子引

> Even deer
> May think him a fool,
> The bird-clapper puller!

夕涼みよくぞ男に生まれける

> How good
> To be born a man,[1]
> Cooling in the evening!

13

きられたる夢はまことか蚤の跡

> Did I only dream
> I was cut down with a sword?—
> A flea-bite!

朧とは松のくろさに月夜かな

> "A hazy moon"
> Is the blackness of a pine-tree,
> The moon of night shining.

其角はここで「朧月」の定義を試みている。松の木という黒い雲の存在があってこそ、月のおぼろな夢幻の特質を際立たせる。この直截性と無頓着さとは、其角の強靱な特色をよく表していて、理想に走りやすい芭蕉とは対照的である。

芭蕉のもうひとりの弟子である越人には次のような句がある。

うらやまし思ひきる時猫の恋

> I feel envious;
> Just as I had given up hope,[2]—
> Cats in love!

荻原井泉水（1884-1976）は上記の句と以下の芭蕉の句とを対比させている。

猫の恋やむ時閨のおぼろ月

> Cats in love;
> When they cease,
> The hazy moon over the bed-chamber.

これほど心のありようの違いを鮮明に打ち出しているのは、ほかにないかもしれない。

芭蕉の同時代人の鬼貫（1661-1738）が、クリストファー・マーロー（1564-93）の役割を演じたとするなら、芭蕉はさしずめシェイクスピア（1564-1616）を演じたことになろう。鬼貫は川柳に

接近する俳句の傾向の紛れもない徴候を示し、それは芭蕉が持つ天賦の才と神秘主義の基準に照らし合わせての傾向ときわめて対照的であった。以下に掲げた一連の鬼貫の句は、ある意味、俳句の放つ宗教的態度に反旗を翻すものである。

> 鶯や音を入れてただ青い鳥
>
>> The *uguisu*,[3]
>> When it stops singing,
>> Is just a green bird.

> 冬はまた夏がましぢやと言はれけり
>
>> In winter,
>> People say
>> Summer is better.

> 野も山も昼かとぞ首のだるくこそ
>
>> Fields and mountains
>> Are like day!
>> My neck feels heavy.[4]

> 又もまた花に散られてうつらうつら
>
>> Yet once again
>> Have the cherry blossoms scattered on me,
>> While adoze.

鬼貫は、おそらく話しことばを芸術的効果にまで高めた最初の俳人であろう。その後の最高到達点は一茶によって築かれるが、もちろんわれわれ読者は、わずかではあるにせよ芭蕉においてもその実例を見ることができる。いずれにせよ、上掲の鬼貫の最後の句は、「又もまた」('again yet again')、「花に散られて」('fallen on by the flowers')、「うつらうつら」('having forty winks')のすべてが、くだけた口語体表現でできあがっている。

　しかし、川柳は卓越した口語体という条件がつく。なぜなら、それは庶民の文芸だからである。価値がこれ以上下落する心配は

ないし、ことばの彩やことばの衣装で着飾る必要もないのだから。庶民の生活という点で、川柳と浮世絵と吉原とは切っても切れない深い繋がりがある。なるほど、浮世絵には川柳の現実主義（リアリズム）は投影されていないし、絵画表現としては「川柳漫画」つまり「戯画（カリカチュア）」であるが、川柳も浮世絵も大衆的魅力、人間への尽きない興味、自然への無関心を保持しつつ、いわゆる大上段に構えた宗教や詩という考えを完膚なきまで忘却のかなたに追いやっている。川柳にも浮世絵にも庶民のことばが息づいている。

　次の句は可幸（18 世紀？）の作であるが、川柳といっていいだろう。

風一荷担ふ暑さや団扇うり（かぜいっかにな）

　　　　　The fan-seller;
　　　　　A load of wind he carries,—
　　　　　Ah, the heat!

蕪村（1715-83）の手にかかると、次のような句になる。

　　　炭うりに鏡見せたる女かな

　　　　　A woman showing
　　　　　A charcoal-seller his face,
　　　　　In a mirror.

　　　ふぐ汁の我生きてゐる寝覚かな

　　　　　Waking up, —
　　　　　I am still alive,
　　　　　After eating swell-fish soup!

　ここから一茶（1763-1827）まで辿りつくと、皮肉とあてこすりが顕著で、人生の批評が感じ取れ、多くの句に闊達なユーモアがあふれている。それはおそらく一茶の深い敬虔さ、まぎれもなく宗教的な態度からきているため、われわれ読者は彼の句を川柳ではなく俳句として受容するのである。

大根引大根で道を教へけり

> The *daikon*-puller
> Showed the way
> With a *daikon*.

人はいざ直な案山子も無りけり

> The people, yes, —
> But none of the scarecrows even,
> Is upright.

羽はえて銭が飛ぶなり年の暮

> Growing wings,
> Money is flying,
> At the end of the year.

名月を取つてくれろと泣く子哉

> The bright moon!
> The baby cries,
> "Give me it! Give me it!"

次の辞世の句は、俳句というより川柳の趣が強い。

盥から盥にうつるちんぷんかん

> From bathtub
> To bathtub,[5]
> Stuff and nonsense!

　芭蕉が地口や機知をはるかに越えたところに俳句を連れて行ったのに対し、一茶は俳句と川柳の美点をうまく融合させることに成功した。これは一茶自身のほろ苦いユーモアのあるやさしい人柄にその原因の一端をうかがい知るかもしれないが、もうひとつは人と自然への彼のバランスのとれた見方によるものであったろう。われわれは月を眺め、飲食をし、婚姻によって家を継いでいく。この繋がりはなんだろう。一茶は簡潔にまとめる。

山里は汁の中まで名月ぞ

> A mountain village;
> Right into the broth,
> The bright full moon.

家族が屋外で夕食をとっている。彼らが食べているお椀に月が映える。

　子規（1866-1902）は、創作の刺激と模範を芭蕉よりも蕪村に求めて、非宗教性そして人間に関心を向けて、あえて蕪村のみごとな静物画を構成するのを目指さないようにした。病弱さも手伝って、彼を悲観主義、冷笑、懐疑主義へと向かわせた。いくつか句を見てみよう。

病中筍を贈られて
くちをしや春の筍水薬

> Being sent some bamboo shoots while ill.
> Mortification:
> Spring bamboo shoots, —
> Medicine to drink!

夕立や蛙の面らに三粒程

> A summer shower:
> About three drops
> On the frog's face.

行秋の鐘つき料をとりに来る

> Departing autumn;
> Coming for the fee
> For ringing the temple bell.

次の三つの句は、これぞ川柳という風情がある。

夏帽や吹きとばされて濠の中

> A straw hat,
>> Blown off
>>> Into the gutter.

夏帽子人帰省すべき出立哉

> Setting out
> In a straw hat, —
>> He must be going to his native place!

新年の柩にあひぬ夜中頃

> In the New Year,
>> About midnight,
>>> I met a coffin.

　上記の作品は、川柳が誕生する以前から今日に至るまで、われ
われが俳句の中に見出す、川柳へと近づいてゆく傾向のほんのわ
ずかな実例にすぎない。それでは、いよいよ俳句と川柳を比較対
照しながら、いくつかの特徴を洗いなおしてみたい。

川柳と俳句

1 俳句は、世界の自然つまり自然界というものを、「瞬間の幻」で表現する。人間が介在するとしても、自然が主体で、人間の存在感は希薄である。

　　　　大旦やむかし咲きにし松の風　　　　　鬼貫
　　　　　　　　The Great Morning:
　　　　　　Winds of long ago
　　　　　　　　　Blow through the pine trees.　　*Onitsura*

　川柳は、人間の生活を瞬間の心理的洞察で表現する。自然は不在あるいは単なる背景でしかない。

　　　　　若後家のふしようぶしように子に迷ひ　　古
　　　　The young widow
　　　　　　　Is unwillingly fascinated
　　　　By her child.

これは繊細な句である。夫に先立たれた若い未亡人が、自分にふさわしい男に見初められたいと望んでいる。彼女は心情的に頼れる愛の対象を求めていた。幼い子は彼女の心の隙間を埋めてくれるが十分ではなく、男性の魅力に惹かれるのである。その自分の弱さになんとか抗おうとするのである。

2 俳句は個別の物の性質を表現し、それを通して、すべての物の本質を表そうとする。いいかえると、個別への収斂と一般への拡大という二つの間の動きがある。この動きこそ俳句の生命であり人生の命である。

蛤の口しめてゐる暑さかな　　　　　　芭蕉

> The shell of the clam
> Is shut:
> Ah, the heat!　　　　*Basho*

これは一粒の砂の中に世界を見ることであり、蛤の中に閉じ込められた夏の暑さを見ることである。蛤は必然によって貝の口を閉ざしているのであって、猛暑と貝の口が閉ざされるのとはなんら関係はない。閉じられたものすべて、冷蔵庫であろうと、暑いときは暑いだけである。これは詩人の精神によって任意に決められたもので、科学や常識をもってして詩人をその地位から追い出せるものではない。オルダス・ハクスリー（1894-1963）が D. H. ロレンス書簡集の「はしがき」で述べていることが想起される。進化論に関して、圧倒的な証拠を突きつけられても、ロレンスは愚直なまでにそれを拒み、自分の胸の真ん中に両手を置いて、「わたしはここで感じるんだ」と言いはった。

　次の俳句は、作者と対象への解釈というものが、読者を導く詩の領分というものであることを、語っている。

白椿落つる音のみ月夜かな　　　　　　蘭更

> Only the sound
> Of white camellias falling:
> A moon-lit night.　　　　*Ranko*

　川柳は静かに佇む。川柳は立ち位置を越えてどこへも行かない。それは、絵というより写真のようである。

長噺とんぼのとまる鑓の先　　　　　　古

> A long conversation;
> A dragon-fly settles
> On the tip of the halberd.

主が路上で知り合いと出会う。家来は話がすむまで、待ちぼうけとなる。初秋の暖かい日で、とんぼが手に持っている鑓の先に止

まる。この川柳と状況のよく似た蕪村の俳句がある。

日は斜関屋の鎗にとんぼ哉　　　　　　　蕪村

> In the slanting rays of the sun,
> Dragon-flies on the halberds
> At the Barrier.　　　　　　　*Buson*

写真の中央に、夕焼けに照り映える直立した鎗数本に、赤とんぼ
が一匹ずつ止まっている。背後には関所の大門が境界を隔てる。
川柳では、とんぼが主の長話と待ちくたびれた家来の退屈さをう
まく引き出している。俳句のほうは、地平線から長く広がる夕日
の残照の時空が感じ取れる。ひとの気配はあるが、作品ではほと
んど象徴の影のようなものにすぎない。

　俳句は神妙で作者は対象に没入している。川柳の作者は傍観者
で透明人間、さらに作者不詳が多いが、読者はその二元性を意識
している。このあたりを次の二句で見てみよう。

我笠や田植の笠にまぢりゆく　　　　　　支考

> My *kasa*
> Mingles with the *kasa*
> Of the rice-planters.　　　　　　　*Shiko*

旅の途中、水田の畔道を歩いている。旅用の自分の編笠と田植を
している百姓たちの編笠とが、まじりあう。笠の繋がりによって、
ひとつの連帯感が生まれるのである。

道問えば一度にうごく田植笠　　　　　　古

> Asking the way,
> All the *kasa* of the rice planters
> Move together.

川柳では、作者は水田の田植作業の百姓たちとは区別される。さ
らに重要な点は、田植笠に擬人法による生命が与えられているわ
けでもない。ましてや、作者の旅笠ともえんもゆかりもないので
ある。

3　俳句には最上の単純性がある。そして自然の純粋さも兼ね備えている。

松風の落葉か水の音涼し　　　　　　芭蕉

Needles falling
In the wind of the pine trees?
The sound of the water is cool.　*Basho*

この句にはどこか漠然とした神秘的なところがあるが、それは自然が持っているものと似ている。風が松林を吹きぬけ、ひとはその音を耳にして木の梢が揺れるのを目のあたりにする。松葉が木の根元の苔の上に散らばっている。どこからかせせらぎの音が聞こえる。おだやかな澄んだ音色だ。

雲雀より上にやすらふ峠かな　　　　芭蕉

Resting
In the mountain pass, higher
Than the skylarks.　*Basho*

ここには平安な気持ちと高所にいる不安な感覚とが折り重なっている。自然に包まれていながら突き抜けているようなものかもしれない。

すゞしさや朝草門に荷ひ込　　　　　凡兆

The coolness!
Bringing in the morning grass
Through the gate.　*Boncho*

真夏ともなると、真昼間に仕事をするのを避けるのは当然のことながら、馬用の餌は朝の早い時間帯に刈り取って、できるだけ新鮮なままで与えるのがいい。この句の作者が起床すると、お百姓さんはすでに外出していて、まだ露にぬれたままの草を刈り、背中にかついで家の門から戻ってくる。

涼しさや松の葉ごしの帆かけ舟　　　　　子規

> The coolness!
> Between the pine needles,
> 　　Sailing ships.　　　　　　*Shiki*

　子規は、緑・青・白の三色の涼しい色彩の細密画（ミニアチュール）を描き出している。この句は、須磨の海岸で詠まれたもので、次の句も同じ場所、同じ作者の手によるものである。

涼しさや石燈籠の穴の海　　　　　子規

> 　The coolness!
> Through the hole of the stone lantern also,
> 　　The sea.　　　　　　*Shiki*

須磨ではあたり一面、海がどこにでもあるようだ。神社の前の石灯籠の穴の隙間からでも、きらめく青い海が見える。すべてを貫き通す海なのである。

打水に暫（しばら）く藤の雫かな　　　　　虚子

> After sprinkling water,
> For some time,
> 　　Drops from the wisteria.　　　　　*Kyoshi*

乾季の蒸し暑い日に、植物に差した手桶の水が、藤の花からしたたり落ち続ける。この水滴と白い花が、雫は耳と花は目との関係と同じになる。

　川柳は、不完全なもの、卑俗なもの、弱いもの、いいかえると、われわれ自身を対象にしている。

女房と相談をして義理をかき　　　　　古

> Talking it over with the wife,
> 　　Failing
> In one's duty.

友人の災難や困っていることを聞きつけ、亭主がお金を工面したり援助の手を差しのべたりしようと意を決する。そして夜になっ

て、女房と話し合うと、悪気なく彼女はさまざまな難癖をつけ、自分たちの家族も苦しいのにと突っぱねる。亭主は援助を先延ばしすることにするが、それはひいてはなんにもしないことになってしまう。

けいせいはとつぱずしても恩にかけ　　　古

> Even when the courtesan farts,
> 　　　She does it
> As a favour.

遊女が客の面前で、失礼にも放屁をしてしまったとき、それは夫婦間のみ許される親密な間柄という、ある種照れ隠しの言いのがれ。

内兜見ぬいて質屋貸さぬなり　　　　　　古

> The pawn-shop,
> 　　　Seeing his intention,
> Won't lend what he asks.

質草をもって質屋に走ったが、どうしてもお金が必要というわけでもなかった。それもあってか、質屋の店主はとてつもなく値切れるだけ値切ってくる。この川柳には、庶民生活、動機の矛盾、人生の無駄といったもろもろの複雑な要素が入り混じっている。

4　俳句は、その心構えにおいて、宗教的である。俳句が宗教を厳粛に捉えているだけでなく、すべてのものをも宗教的に捉えている。

富士行者雲にまがへる白衣哉　　　　　碧梧桐

> 　　The devotees on Mt. Fuji;
> Their white raiment
> 　　　Mingles with the clouds.　　　*Hekigodo*

この句を読むと、ロバート・ブラウニング（1812-89）の「ある文法学者の葬儀」の一節が思い出される。

……流星群が落ち、雲がわきあがり、
稲妻が放たれる。
星々はめぐりくる！喜びよ嵐とともに弾けろ！
安らぎよ露を生じさせろ！
気高い目標には気高い終わりが必要なのだ。

日本の俳句には静けさと穏やかさがあり、その仏教的雰囲気は西洋の宗教とは異なっている。

行先に都の塔や秋の空　　　　　　　　太祇

> Ahead,
> A pagoda of Kyoto,
> In the autumn sky.　　　　　*Taigi*

明確に表現されてはいないが、この句は夕方に詠まれたように読者は感じる。古都に向かってそぞろ歩きを始めると、漆黒の五重塔が遠くの薄青の空を背景にくっきりと浮かび上がる。それはまるで到達不可能な夢の都のようで、常にありながら、決して存在しないようなものであった。そして、これが季節特有のもので、逆にいえば、未来への動き、宗教的連想とわずかなインド風の趣の五重塔、かなたの空が、秋の本質を際立たせている。

　川柳は総体的に非宗教的で、宗教とはもろさであり、最悪でも迷信に等しい。神は人間の苦しみを哀み・喜び・無関心でなく、興味をもって見守る。

辻切を見ておはします地蔵尊　　　　　古

> Someone trying his sword on a chance wayfarer,
> Jizo
> Calmly gazing on.

男が近づいて見ず知らずのなんの罪もない者を切り捨てる。刀の切れ味をためすだけのために。道端のお地蔵さんが、顔の表情ひとつ変えず、不運の者にも辻斬りにもなすべきことはなにもなく、

ただすべてを見届けるだけである。

　次の古川柳も仏教との関連がうかがえる。

ゆうれいになつてもやはり鵜を遣ひ　　　古

> He became a ghost,
> 　　But all the same,
> 　　　Manipulating the cormorants.

謡曲「鵜飼」では、安房の清澄の僧（日蓮上人という説）が鵜使いの霊に出会い、その霊は生前の殺生の罪で成仏できない身のつらさを打ち明ける。僧はその鵜飼の技を見せられ、その鵜使いの霊を弔うため、河原の石に法華経の文字を書きつけ、川に沈めて供養する。川柳の作者のほうでは、鵜飼の技への関心からか、僧の詮索好きの性格を浮き彫りにし、皮肉な眼差しで眺めているのが特徴的である。

5　俳句は、ある意味、理想主義的でロマンティックなものである。真実を語るが、必ずしも真実すべてを語っているわけではない。

古御所の蓬にまぢる牡丹かな　　　　　鳴雪

> In the old palace grounds,
> Peonies grow
> 　Among the mugwort.　　　*Meisetsu*

雑草と栄光の花とが、かつての御所のあたりに生えている。しかし凋落の中で、その草花はより深淵で繊細な輝きを放っている。時間と空間が一体となり、過去が現在のここに存在している。人と自然も一体となり、すべての人間の歴史が「牡丹」と「蓬」の中に息づく。この俳句は漢詩の影響を受けているが、あくまでも日本の俳句という形式にこだわっている。確かに、日本の詩歌は漢詩の冗長さや感傷性を忌避する。次の中国古典の一節では、「牡丹」でなく「菊」が使われ、鳴雪の俳句のほうにはない寂寥

感が漂っている。

> 狐眠敗砌、兎走荒台、盡是當年歌舞之地。
> 露冷黄花、煙迷衰草、悉属旧時爭戦之場。
> 盛衰何常、強弱安在。念此令人心灰。[6]
> （狐がわびしい御所の階段で眠る、兎が荒れ果てた広間で遊
> ぶ、かつては歌と踊りでにぎわっていたところで。
> 菊の花に冷たい露がかかっている、霧は枯れた草の上をさま
> よっている、そこはいにしえの戦（いくさ）が行われた場（ところ）。
> すべてのものみな栄枯盛衰の道なのか、勝者はどこに敗者は
> どこなのか。思いをめぐらせば心は灰燼（かいじん）に帰す。）

川柳は、この世から逃れることも過去にさかのぼることも、許し
てはくれない。このような甘美な嘘である、自分を甘やかす喜び
を、川柳は与えてはくれない。川柳はすべての真実を語りかける
が、同時に、繊細なもの、はかない命は打ち砕かれ、しぼんでし
まっている。

琴やめて薪の大くべ引給ふ　　　　　　古

She stops playing the harp,
And takes away
Some of the fire-wood.

女は琴を弾き、貴族的で美的な余暇に熱中していた。ところが突
然に演奏をやめ、台所に行き、かまどの薪が多めと思い数本を取
り出す。この川柳には皮肉のスパイスが隠れている。書き出しは、
漢詩や和歌の典雅な風情を喚起させておきながら、すぐさま卑近
な現実世界へ引きずりこんでゆく。

　歴史的主題を扱う一例として、歴史作家のおどけた誇張の記述
に対抗するかのように、川柳作家の抗しがたいパロディ精神を挑
戦状としてたたきつけるような句がある。

清盛のいしやははだかで脈をとり　　　古

> Kiyomori;
> The doctor who feels his pulse
> Is naked.

『平家物語』に、清盛の病の様子が描写されている有名なくだり
がある。それから八日後亡くなってしまう。そのあらすじの部分
を拙訳で確認しておきたい。

> ……清盛の体の熱は燃え盛る炎のようで、もし彼に8ヤード
> （約7.2メートル）から10ヤード（約9メートル）まで近づ
> いたら、その熱は耐え難いものだった。管で水をかけると、
> まるで真っ赤に焼けた鉄や石のようにじゅっという音を立て、
> 水蒸気の煙が立ち上ったことだろう。彼の体にふれた水は炎
> を生じさせ、部屋すべてが紅蓮の炎と黒煙に包まれた。

川柳は、清盛を診る医者は、そばにいるには素っ裸になって脈と
りしかないという。この医療方法の着想は、『平家物語』の単な
るパロディをしのぐ効力があるといっていい。それはむしろ帰
謬法と呼ぶべきかもしれない。この川柳と次の俳句を比べてみ
たい。

須磨寺やふかぬ笛きく木下やみ　　　芭蕉

> I heard the unblown flute
> In the shadows beneath the trees
> Of the Temple of Suma.　　　*Basho*

日本の歴史上もっとも悲劇的な死を遂げたといわれる平敦盛
（1169-84）が、生前吹いていたといわれる「青葉の笛」が保存さ
れている須磨寺で、芭蕉が拝覧したときに詠まれた句である。

6　川柳は俳句が捨てるものすべてを拾い上げる。そうなると、
川柳はもっとも卑俗なレベルにまで身を落としてゆくことになる

のだが……

　　　自然は、平等な心で、
　　　すべてのわが子がたわむれるのをみる

それと同じく、川柳は自然が吉原遊郭に入ってゆく後についてい
く。

　　　大門を出る病人は百一ツ　　　　　　　古

　　　　　Of a hundred
　　　　　　　Who go out of the Great Gate,
　　　　　Only one gets well.

吉原遊郭の入口に大門がある。その門から立ち去ってゆく者たち
の中で、病を被ってその病から立ち直れる者はほとんどなきに等
しい。

　　川柳では、ロマンティックな英雄像というものの仮面を剥がし、
詩的装飾という飾りすべてを剥ぎ取るだけでなく、俳句そのもの
を風刺しつつ模倣する。

　　　煮うり屋の柱は馬に食はれけり　　　　古

　　　　　The post
　　　　　　　Of the cheap eating-house
　　　　　Was eaten by the horse.

もちろん、これは以下の有名な芭蕉の句のパロディである。

　　　道のべの木槿は馬に食はれけり

　　　　　The Rose of Sharon
　　　　　By the road-side,
　　　　　　　Was eaten by my horse.

そのほかのパロディの具体例をいくつか見ておきたい。

　　　いざさらば居酒屋のあるところまで　　　古

　　　　　Now then!
　　　　　　　Right up to

The wine shop!

上記の古川柳は以下の芭蕉の句のパロディである。

いざさらば雪見にころぶところまで

Now then,
Let's go snow-viewing
Till we tumble over!

この芭蕉の句の別の古川柳のパロディもある。

雪見には馬鹿と気のつくところまで　　　古

Snow viewing,—
Till we tumble to the fact
That we are fools.

よく知られた去来の句も、パロディの素材にはもってこいである。

何事ぞ花見る人の長刀

What's the meaning of it,—
Carrying a long sword
While flower-viewing!

半文錢のパロディは以下のとおり。

何事ぞ歯を抜く人の長刀

What's the meaning of it,—
Carrying a long sword
When you're going to have a tooth out?

パロディの中でも、次の川柳は元の俳句へのほとんど不敬な逸脱がうかがえる。

新造の夢は廊下をかけめぐり　　　　　　古

The young wife's dreams
Wander
Over the corridor.

いうまでもなく、典拠となっているのは芭蕉の辞世の句である。

旅に病んで夢は枯野をかけめぐる

Ill on a journey,
My dreams wander
Over a withered moor.

　川柳は、ことばのより深い意味で、パロディそのものである。われわれが想像したり願ったりすること、正統な宗教が語っていること、すなわち聖人・賢人・哲人の世界のパロディとしての世界を、川柳は提示してくれる。ジェイムズ・スミスとホレス・スミス兄弟の共著『拒否された住所』(1812) についてのジェフリー卿 (1773-1850) の書評に、次のようなくだりがある。

　　パロディ (あるいはパスティーシュ) とは、われわれ読者を原作者の心の秘密の中へより深く誘いこんで、原作者の文体の特質をわれわれが自力でするよりも鮮明に理解させてくれるものである。

われわれが川柳の源流となる「原作者」を想像すれば、川柳という作品への一般的概念がつかめる。なぜなら川柳は、「原作者の文体の特質」をわれわれ読者に理解させてくれるからである。原作者を広い意味で創造主と考えれば、賛美歌に次のような有名な一節がある。

　　神は神秘的に働く
　　奇蹟を行うため

そういう類の俳句が、子規の作品にはかなり多くみられる。

　　　神田大火
　　陽炎や三千軒の家のあと

The Great Fire of Kanda
Over the ruins
Of three thousand houses,—

Heat waves.

批評という矢が真っすぐに飛ぶとき、知性というものだけが後に
残っていく。

目に見えぬ神なればこそ信じられ　　　　しん平

God is believed in,
Because
He can't be seen.　　　　*Shimpei*

7　俳句は「柔(じゅう)」、川柳は一般的に「剛(ごう)」である。

ほろほろと山吹散るか瀧の音　　　　芭蕉

Trembling, fluttering,—
Are the petals of the mountain rose falling,
In the sound of the waterfall?　　*Basho*

この滝は吉野郡川上村大瀧と西河(にしこう)の間にある吉野川の激しい渓流
をさす。高いところから落ちてくる滝ではない。山吹の花がいま
にもこぼれ落ちそうに風に揺れている。渓流の轟音が響き、大地
に伝わり、山吹の花も揺れるのは、花びらの中にも動の世界があ
り、山吹が散るときそれを見ている芭蕉の心も揺れ動くのである。

破垣(やれがき)やわざと鹿子のかよひ道　　　　曾良

The broken fence,—
Left on purpose
As a path for the fawn.　　*Sora*

倒れた垣根がまだ直っていないのは、子鹿がまた庭にやってきて、
好きなときいつでも通れるようにという、垣根の持ち主の思いや
りだった。俳句の主眼は、垣の所有者がかわいらしくも臆病な鹿
子を見たいからというわけではなくて、生けるものをそっとして
おいてやる「無為自然」に任せることにあるらしい。

鷹の目も今や暮れぬと啼く鶉　　　　　芭蕉

> The hawk's eyes
> Now darkened,
> The quails are chirping.　　　*Basho*

この句に、芭蕉の弱者への同情を見て取るひとがいるかもしれないが、人生の潮の満干のように、生命のサイクルの一環にわれわれが連なっていて、息を吸い込んでは吐く繰り返しのようなものである。ひとつの生命が眠っているとき、別の生命が目覚めている。この俳句の要諦はそこにある。次の川柳は、ひとのあるがままを見つめる客観的な眼差しであり、それは前の芭蕉の句をもじると「暮れゆくことのない（眠ることのない）」鷹の目を持つ者を、描き出している。

賭場の犬質屋の門にまつてゐる　　　　　古

> The body-guard of the gambling house
> Is waiting at the gate
> Of the pawn shop.

賭場にきた男が、所持金すべてと自分の着物さえすってしまう。男は自分の着物を質屋に持ってゆき、賭場の用心棒（「犬」と表現されている）が、その見張りも兼ねて質屋まで同行する。（挿絵は、質屋の前で用心棒が待っている。）

　俳句は人生のたそがれどきの衰退期、川柳は活力あふれ辛辣な壮年期を表象しているのかもしれない。

古琴や鼠出ゆく春の暮　　　　　暁台

> The old koto;
> A mouse comes out;
> An evening of spring.　　　*Kyodai*

「古琴」「鼠」「春の暮」の三つの取り合わせには、不思議な遠い

連結があるらしい。廃れるもの、死と疲弊をもたらすもの、密かな暗澹としたものが、それぞれ混じりあっている。

花見から帰れば家は焼けてゐる　　　　剣花坊

Back from the flower-viewing,—
Their house
Is burnt to the ground!　　　　*Kenkabo*

この川柳はあまりにも冷酷だが、川柳として成り立っている。人生の現実が映し出されているからである。太陽の暖かい日差しが、桜の開花を促し、家屋も乾燥しきって、火が起こると瞬く間に燃えてしまう。同じものから、まったく対極の創造と破壊がもたらされる。桜の花びらのかわいらしい桃色とほのかな香り、そして残された黒焦げの柱の焼け跡。

8　川柳は、すべてを語るという意味で、俳句よりも知的である。俳句は寡黙に満足を見いだす。

松風の軒をめぐりて秋暮れぬ　　　　芭蕉

The wind from the pine trees
Blows round the eaves:
Autumn is over.　　　　*Basho*

俳句が知的になると、どちらかというと天真爛漫が前面に出る。

蛇くふと聞けばおそろし雉の声　　　　芭蕉

They say the peasant eats the snake:
How fearful, now,
Its voice!　　　　*Basho*

俳句が知的に見えるほかの具体例をあげてみると、

黄昏の月何処にか梅の影　　　　虚子

Twilight
The shadow of the plum tree,—
Where is the moon?　　　　*Kyoshi*

これはだれにも経験があるだろう。日中、梅の木の下に陽だまりと影ができる。そのうち、あたりが暗くなってくる。すると突然、梅の木がその影を地面に落とす。影あるところに光ありで、この光は月の光である。

この俳句、あるいは句解のような俳句は、知的な因果関係が展開していく本来の俳句とは正反対のものである。しかし、この三段論法の形式は俳句の添え物にすぎない。なぜなら、この俳句の本質は月とその神秘性を愛でることである。月は見えなくても、輝きは衰えることなく太陽のように輝き、正邪の隔てなく、気づかないときでさえ、われわれとともにいてくれる。禅林句集に次のような文句がある。

水流元入海
月落不離天

The water flows, but back into the ocean;
The moon sinks, but is ever in heaven.

（水は流れもとの海にもどる／月は沈みずっと天から離れない）

しかし川柳も、詩として、また反知性的であることは、明瞭に理解しておかねばならない。川柳が、離れたもの同士の中に類似性を瞬時に直観するからであり、それは単純な因果関係ではなく、きわめて重要な生気にあふれた関係なのである。

目についた女房この頃鼻につき　　　　　古

He now turns up his nose
At the wife
That caught his eye.

上記の川柳は音の効果と知的な効果だけで成り立っているが、次の川柳では知的な要素が女性の性格を導き出している。

家賃より高い染賃著る女房　　　　　古

His wife,—
Her clothes-dyeing bill

Higher than the rent!

次の川柳では、知性は背後に隠れ、詩的（風刺）要素に席を譲っている。

　　　女房を怖がるやつは金が出来　　　　　古

　　　　　　The chap
　　　　　　　　Who's afraid of his wife,
　　　　　　Makes money.

これは多くの既婚者たちの人生模様だろう。特にアメリカ合衆国に顕著な傾向ではなかろうか。

9　俳句は、誇張表現、暴力的場面、激昂を嫌う。川柳は、これらすべてに加えて、特に性や男女の関係をも取り込む。その猥雑さにもかかわらず、川柳は隆盛を極めたが、俳句と同じく、繊細な感情を巧みに織り込む。

　　　ぬひものを少しよせるも礼儀なり　　　　古

　　　　　　Putting the needle-work
　　　　　　　　Just a little aside,
　　　　　　Is also good manners.

訪問客が家に来ると、彼女は手仕事中の縫物をわきに寄せる。それで座るところが広くはならないが、それも気持ちの問題で、お客さんを温かく迎え居心地よくさせるためである。

　　　小まくらのしまりかげんに目をふさぎ　古

　　　　　　As the komakura
　　　　　　　　Is being tightened,
　　　　　　She shuts her eyes.

「小まくら」とは、女性の髪の毛先を丸めた部分［「かもじの根」］につけて、髷をつくるのに用いられる木製の結髪用具。「目をふさぎ」（目を閉じる）という言い回しが、自分の髪の毛の具合を絶妙に調整するための所作である。

もうひとつの鋭い観察の川柳、あるいはもっと正確にいうと、だれもが知っていながら、その真価には気づいていない具体例をあげてみよう。

はごの子命をすくふ左り利き　　　　　　古

Playing battledore and shuttlecock,
She saves her life
By changing to the left hand.

着物姿で女の子が羽子板で遊んでいる。羽子を落とさぬように、無意識に羽子板を持つ手を右手から左手に持ち替えている。はっと作者が気づいた瞬間が、川柳に書き留められている。

10　俳句は、読者の想像力を頼りにすることがなにより必要である。これは、おそらく俳句があまりに遠くかけ離れたもの同士を取り合わせるしくみに、由来しているのだろう。

人病むやひたと来て鳴く壁の蝉　　　　　虚子

The sick man;
A cicada
Crouching on the wall.　　　　　　*Kyoshi*

「ひたと来て」から、病室にどこからか飛んできた一匹の蝉が壁にピタッと貼りついて、ジージーと大きな声で「鳴く」様子がうかがえる。蝉の声は、病人の自分の命への感情表現であり、壁にへばりつく姿は、その患者の深くていわく言い難い生への執着をも巧みに描き出している。

山寺の宝物見るや花の雨　　　　　　　　虚子

Looking at the treasures
Of the mountain temple;
Rain on the cherry-blossoms.　　　*Kyoshi*

山深い寺に来て、仏像、掛軸、そのほかの宝物をながめている。外はあたり一面雨が降って、桜の花も濡れそぼつ。濡れた桜の花

といにしえの偉大な作品との間には、離れてはいるものの繋がりがある。それは遠ければ遠いほど、より深い繋がりなのである。

　川柳となると、読者にすべての準備が整えられていて、ひとの生活の矛盾や逆説を読者はとても簡単に見つけられるようにできている。

　　　腸を吐き出すような夏の犬　　　　　　古

　　　　　The summer dog
　　　　　　Seems as if
　　　　　Bringing up his entrails.

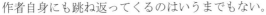

夏真っ盛りのうだるような日である。犬
の吐息がことのほか荒く、自分の腸まで
飛び出してきそうな勢いだ。猛暑と犬と
息苦しい不快な嘔吐感の取り合わせは、
作者自身にも跳ね返ってくるのはいうまでもない。

11　俳句と川柳のユーモアの違いは明らかであるが、ことばで説明するとなるとそう簡単ではない。二つとも、矛盾と逆説に多くを負っている。川柳は、意図と結果、現実と理想、肉体と精神、威厳と無礼などの対立要素が作品内でぶつかり合っているのが、容易に見て取れる。俳句のユーモアは、微かで目立たないが、川柳より深みがあって歴史もあり、もっとも気づきにくいときでもそこにあって、生み出されるというより発見されるというのが正しい。たとえば、次の作品にはユーモアが見て取れるが、あまりに繊細にできているため、ふつうの俳句との区別がつきにくい。

　　　春寒く葱の折ふす畠かな　　　　　　太祇

　　　　　Spring is cold;
　　　　In the field,
　　　　　The leeks lie prostrate.　　　　*Taigi*

この句は、イギリスの詩人ジョージ・クラップ（1754-1832）が

描く、岸壁の海岸線や不毛の畑を思い出させる。葱が勢いよく地面に直立できず、意気消沈して頭を垂れる景色は、ほのかに滑稽味が漂う程度だが、自然の底力を感じ取れる。

> みそさざいきよろきよろ何ぞおとしたか 　　一茶
>
> The wren,
>
> Is looking about, —
>
> "Have you dropped something?" *Issa*

みそさざいのいくぶんぎくしゃくした臆病な動作と落ち着きのなさが、その鳥の特徴をうまく捉えている。それを表現する口語体とくだけた調子を通して、作者はみそさざいへの親しみを感じさせようとしている。ただし、イギリスのロマン派の詩に特色を与えたあの「感傷的誤謬」〔自然の事物、無生物などに人間の特性や感情を付与すること〕を、奇妙なまでに排除している結果を生み出している。

> 足早の提灯を追ふ寒さかな 　　　　　　虚子
>
> Following behind
>
> The swift footed lantern,—
>
> How cold it was! 　　　　*Kyoshi*

ある暗い夜、寒さの中で前を行く男が提灯をささげ持っている。彼もまた体は冷えきって、急ぎ足で進んでいく。後続の男もついていくには足を早めねばならない。このスピード感も寒さの感覚を一段と増すことになる。

> 鶏の空時つくる野分かな 　　　　　　虚子
>
> The cock tells the hour
>
> In the evening
>
> Autumn storm. 　　　　*Kyoshi*

雄鶏は夜明けの時を告げると考えられているが、この句の場合は、突然夕暮れどきに鳴くと、秋の暴風が木々を丸裸に葉を落とし、家々をがたがた揺らす。このとき雄鶏の鳴き声は、いつものいく

ぶんからっとした明るさと違って、うす気味悪い不吉な音となる。

　川柳のユーモアの例は、これくらいにしておこう。

12　川柳と俳句は、名づけるのは難しいが、あえていうなら「超越」と呼ばれるもうひとつの特質を持っている。それは、特に川柳作家があらゆる事柄、人物、時代、場所を越えて存立するという意味においてである。

　超越の感覚をテーマ別に分類した具体例でみていこう。

《礼儀》　　　　盗人の糞を見てゐる立ちのまま　　　古

　　　　　　　The thief's dung;[7]
　　　　　　　　　Standing there,
　　　　　　　And looking at it.

《人情》　　　　鶏が欠伸をしたとつんぼいひ　　　　古

　　　　　　　"The cock
　　　　　　　　　Has gaped!"
　　　　　　　Says the deaf man.

《神頼み》　　　南無女房乳をのませに化けてこい　古

　　　　　　　"O my deceased wife!
　　　　　　　　　Come back from the dead,
　　　　　　　And give the baby some milk!"

《うらめしや》　人魂のいじけて飛ぶはかかり人　　　古

　　　　　　　The jack-o-lantern
　　　　　　　　　Goes cowering along:
　　　　　　　He has a parasite.[8]

　　　　　　　人魂の頓死とみへて矢の如し　　　　古

　　　　　　　The jack-o-lantern
　　　　　　　　　He must have died a sudden death,—
　　　　　　　It goes like an arrow![9]

《威厳》	汝らは何を笑ふと隠居の屁	古

> "And what may you all
>   Be laughing at, may I ask?"
> The retired master's fart.

《学識》	寂寞として先生は河豚を食ひ	古

> The teacher
>   Seriously
> Eats the globe-fish.

　俳句の超越とは、「別世界」に連れて行ってもらうようなものである。それは、詩の世界にふさわしくないようなものすべてを排除する。いっぽう、川柳の超越は、その成立上、情緒、習慣、思考様式、道徳、宗教、人種、人間性、そしてまさに詩そのものを越えている。すべてがあるがままの必要最低限の表現に切り詰められている。

13　民主主義とは、ひとつの精神に不可欠な二つの要素を意味する。それは、「尊敬」と「批評」である。生物も無生物も含む万物に抱く日本人の深い「尊敬」の念を、俳句は表現する。これが詩の基盤である。ひとがこれを失うと、ひとであることをやめてしまうことである。川柳は、もうひとつの要素である「批評」を、世界文学という高いハードルを越える基準まで持ち上げたことである。特に注目しておきたいのは、川柳は日本の歴史、神々、ほかの国には見当たらないような偉人をも題材にする。たとえば、天照大神は弟の須佐之男命の訪問を受けるが、その粗暴なふるまいに怒り心頭に発し、天の岩屋戸に隠れた。川柳では、次のようにまとめている。

> 女神先づ叱られ玉ふ世の教へ　　　古

> The goddess
>   Was first scolded,—

A lesson for us in this world.

川柳のほうは、「歴史的」事実には一切ふれず、ともかく女神天照が「叱られ」、これが日本の歴史の最初の例として、その後、小言をいわれ気分を悪くして退く、女性の寝屋の物語の先例となったのである。

　そのほかの歴史上の人物の例を見てみよう。

大和竹とも云ひそうな御仕打　　　　　　　古

"Yamato take,"—

His behaviour

Sounds like that!

日本武尊は、景行天皇の皇子で、古代伝説のもっとも有名な英雄である。特異な逸話として、彼は女装して近づき、熊襲建を殺した。この川柳では、彼への軽蔑の意味合いが込められて、「この男の名『大和竹』は、彼の品格と同じく、荒々しく手におえぬ」と嘆いている。

肩で息きし乍ら韓を攻め玉ひ　　　　　　爵水

Breathing with her back,

She attacked

Korea.　　　　　　　　　　　　　*Shakusui*

上記の川柳は、新羅、百済、高麗の三韓征伐をした神功皇后に関するもの。当時、皇后は子を宿しており、「肩で息きし」にそれが反映されている。

民草の烟りを笏で数へられ　　　　　　露草

The smoke of the people

Is measured

By his sceptre.　　　　　　　　　　*Roso*

日本の天皇の中でもっとも慈愛に満ちた天皇といわれる仁徳天皇に対して、これはまったく道徳的にも不適切な評の川柳といっていいだろう。仁徳天皇といえば、人家の竈から炊煙がほとんど立

川柳と俳句　　**43**

ち上がっていないのを心配しながら大坂の町を見下ろす姿が、思い浮かぶ。この川柳の作者は、仁徳天皇が人家から出る煙の量を測るのに、自分が手に持っている笏を用いて測っただろうと、冗談まじりにいっているのが滑稽である。

　歌人で僧侶でもあった西行（1118-90）と鎌倉幕府初代将軍の源頼朝との邂逅の逸話がある。二人の話が終わりにさしかかって、頼朝は西行に銀で作った猫を贈った。ところが、西行はその猫を御所の門前で遊んでいた子供に与えたという。この出来事を、西行の側から詠んだ句がいくつかある。

> 千本も煙管の出来る猫を呉れ　　　　　　古
>> He was given a cat
>>> A thousand pipes
>>> Could be made of.

> ぶち殺しても金になる猫を呉れ　　　　　　古
>> Even if you beat it to death,
>>> The cat he was given
>>> Would turn into money.

> 西行も初手は鼻づら擦つて見　　　　　　古
>> Even Saigyo at first
>>> Couldn't help
>>> Rubbing the cat's nose.

昔から今にいたるまで、このような下品な部類の川柳が後を絶たないのは、銘記しておくべきである。

14　川柳と俳句が性のテーマを扱うときほど、それぞれの違いを鮮明にあぶりだすものはない。俳句は性表現を扱うことはほとんどないが、川柳ではいたるところあふれかえっている。なるほど、其角、嵐雪、蕪村、虚子といった俳人の作品には、恋の歌をほのかに連想するものがないわけではないが、それを別にすると皆無

である。ところが、川柳となると、男の同性愛、男女の異性愛の関係を大っぴらに詠いあげる。そしてたくさんの川柳が、吉原遊郭を主題にしていることを考えてみると、これを避けて通るわけにはいかないだろう。

　第一に、儒教の影響によって、日本の家庭には厳格なしきたりがあり、若者の異性どうしや夫婦の間でも、知的で感情的な交流がほとんどあるいはまったく見られないというありさまであった。たとえば、夫婦が通りで一緒にいるのを見ることはなかった。男女が自由に会える唯一の場所が、皮肉なことに遊郭だった。こうした場所にも、やがて格式が生まれランクづけがなされ、そこで雇われた遊女たちにも、若い格下の遊女には禁じられていた芸事の教養が必要になってきた。

　さらには、川柳の視点からすれば、吉原は人間の感情がどこよりも嘘偽りなく表に現れてくる特別な場所であった。ひとの心の綾取りを観察するのに、ここよりもふさわしいところはほかになかった。もちろんこの観察によって、人間の高貴な性格をさらに発見するのは期待できないにしても、人間は世界のどこでもそう大差はないことが理解できるのは、大きな収穫ではなかろうか。

　戦争、奴隷制、労働搾取、人種差別によって生まれた公娼制度については弁護の余地などないし、廃止されて当然である。それにもかかわらず、この実体がいまもって世界で現存している限り、この制度にまつわるどんな利権もわれわれは打ち消すことはできない。たとえば、いま問題となっている、この川柳というまさに文芸そのものの出自である。吉原に対する川柳作者の態度は、いってみれば神の視点であり、許したり罰したりするのでなく、こうした悪所であらわになる人間の苦しみ、快楽、悪徳も美徳もひっくるめた現実を、冷静に見届けるのである。それは悲劇であり、喜劇であり、その両方であり、人生のひとつの断面という以外にことばが見つからない。嘆かわしいもの、滑稽なもの、避け

られないもの、これら三つの要素が、この主題の最良の川柳に流れ込んでいるのである。

　この点からしても、川柳が芸術作品であることがより明瞭に理解できるだろう。もしも道徳的理由から吉原の川柳を拒絶するなら、それはハムレットが殺人を計画実行したからハムレットを認めないのと同じようなものであろう。作者シェイクスピアも殺人を是認したとはだれもいえないだろう。シェイクスピア自身と彼の実像に関する限り、おそらくそうかもしれないが、ハムレット、オセロ、マクベスといった登場人物に対し、作者が殺人者であると是認しないとはいえないかもしれない。文学は道徳ではなく、成熟こそすべてなのである［後半の文句は『リア王』からの引用］。

15　禅とは自覚の状態のことで、その際自分は自分、花は花であると十分わかっているが、同時に、自分の中で動きつつ流れているというよりも、ひとつの生命、ひとつの存在を深く認識している。この状態を達成する方法としての禅を、いま問題にしようとしているのではなく、詩の目的のために、禅のひとつの特質を素朴、直截、平常などの生活様式として強調しておかねばならない。

　D. H. ロレンス（1885-1930）は、「宗教は制御できない官能的な経験である」[10] といっている。「制御できない」とは、自分の力ではどうしようもない、無意識の状態である。「官能的な」とは、理性を失っているという意味である。この「宗教」の代わりに「詩」を、「詩」の代わりに「俳句」と順々に置き換えていくと、禅と俳句の関係がより明確に見えてくるかもしれない。両者には、われわれとまわりの事物のこれ以上簡略化できない個性、そしてこの瞬間だけ感じ取れる主体と感じ取られる客体が混じりあったり、消失していく普遍性が、知恵として備わっている。ここでふたたびロレンスを引用して、この問題を考えてみたい。

　　（木とはなんだろう？）

木は大地の黒い腸からでた大地の力と、上からは、さまよいながら動く空の輝きを吸い取るもの。

（木はわたしにどんなことをしてくれるのか？）

木がわたしを力強く変える手助けをしてくれることを知っている。木からくるエネルギーの波動が、わたしの生きている血漿に伝わって、わたしがまるで木と同じようになるのも知っている。

（わたしは木にどんなことをしてやれるのか？）

そうして木はその内部にわたしの生命の翳と敏捷さを手に入れる。

すべての過ちは真実の残像であり、すべての歪曲は法則に従っている。タバコの空箱が詩の題材になり、生きた表現になりうるだろうか。それがうまく成功している次の詩がある。

　　そして砂利採取場の柔らかなところから
　　破片として突き出た、おそらく
　　奇蹟を行う聖者の貴重な遺骨では
　　とうていありえない、この不潔な
　　どこの馬の骨かわからない骨のことを、
　　こんな孤独の中で、だれが口にするというのか。
　　このウッドバインの空箱の文字を
　　「壁の手書き文字」と読んではならないと
　　いったいだれがいえようか。[11]

ここには、人生の虚しさと厳しさ、みすぼらしさ、詩と禅をまさに失ったものが、そのいっさいの内に、「すべてのものの静謐な魂」［マシュー・アーノルドのことば］を感じるほど、表現されている。ふたたび前にも引用した詩句を思い出してみたい。

自然は、平等な心で、
すべてのわが子がたわむれるのをみる、

そして川柳は、これらすべての意味を気づかせてくれる。川柳は俳句が切り捨てるものをすべて拾いあげる。たしかに、まるで現実そのものが窒息死させるガスのような、現実離れした詩的なものを、川柳は排除する。川柳は熱狂によって流されるものではない。なぜなら、「人生をじっくりとながめることと人生を総体的に見る」ことを願うからである。川柳は意地悪ではない。川柳の標語は、「高慢ちきの鼻をへし折り」そして「抑圧されている者を助ける」である。

　俳句の中での禅は、自然の生命への入口のようなもので、自然が望むものを望み、それ以上でもそれ以下でもなく、その結果起こるのは、花が咲き萎えるのも、心の奥底の欲望の達成だからである。川柳では、読者は人間社会に紛れ込み、道徳・意思・知性・人情そして自然界にないものすべてのものにどっぷり浸かって、浮世の流れに身を任せる。しかし、ここでもまた、蓮が泥の中で生きそれこそまさに泥そのものであるように、ひとは禅をよりどころにして生きていける。俳句には、いわゆる「さびしさ」があり、それはある意味、無私、目と耳の沈黙であり、暴力・誇張・愚行・犯罪を忌避することである。それに対し、川柳はわけへだてなくすべてを映す鏡のようなものであり、心の暗い片隅を照らす光にもなるものである。川柳が拒絶する唯一のものは、前にもふれたとおり、それ自体が詩的なものである。というのも、川柳は全体の真実を信条とし、非詩的なものを取り込み、反詩的なものと詩的なものを融合したりする。川柳は、聖者の中に人間、蕾の中に虫、歯と鉤爪の中に赤い血、を見透す。お金に関する川柳[12]は幾千もあって枚挙にいとまがないくらいだが、俳句では一句たりともない。お金が諸悪の根源というのは確かだが、要は

お金が根源であり、おそらく春の花や秋の月よりも人情とわかち難く結びついている。

これ小判たつた一晩居てくれろ　　　古

> Ah, *koban,*
>> If only you would stay with me
> Even one night!

「小判」は、江戸時代の一枚一両に相当する金貨。めったにあることではないが、小判一枚でも手に入れられたなら、庶民はすぐさま年貢米を買いに走らねばならなかった。だからこそ、たった一日でも一枚の小判を自分の手に握りしめておきたかったのである。

16　宗教を、もっと突きつめて考えてみると、ひとつの疑問にぶちあたる。それは「人生は生きるに値するか?」という問いである。ひとつには、苦しみばかり多くて、人生は役立たずそのうえ無意味だ、というひとがいよう。もうひとつには、義侠心、誠実さ、詩的高揚、などの価値ある経験、美術や音楽の魅惑、自然と科学への尽きせぬ興味、などなど、わくわくすることを列挙すればきりがない。いずれにしても、楽観的な立場に立って、人生を肯定するのが一般的である。マシュー・アーノルドがいっているように、「世界が生きると決めたことだから」。

　しかし、これをもっと意識的に考えると、多くのひとが心の奥の自分に問いかけてみると別の答えが返ってくる。精神的に解放され悟りを開いた者でも、神に見捨てられたと感じることがままある。西行が、あの三夕の和歌で、心境を語っている。

心なき身にもあはれは知られけり
鴫立つ沢の秋の夕暮

> Even in the mind
> Of the mindless one[13]

Arises grief,
When the snipe wings up from the marsh
In the autumn evening.

霧の立ち込める秋の夕暮れに、一羽の鴫が沢から飛び立つのを目の当たりにすると、世俗の煩悩を捨て去り、仏門に入った僧侶の身であっても、人間らしい感情のわびしさとあわれさを感じないではいられなかった。これはまた俳句的な見方であり、時間と空間の広がり、神々しいものに対比される人間的なものの中に、深く悲劇的なものが潜んでいる。

　しかし、川柳はこれをさらに越えていく。つまり神聖なものはなにもなく、人間こそが万物の尺度である。

　　　西行の嚏で鴫の歌が出来　　　　　　　　古

With Saigyo's sneeze,
He can make a verse
About the snipe.

川柳のほうは、西行がくしゃみをしたせいで、鴫がびっくりして沢から飛び立って行ったという変な理屈をこねている。つまり、くしゃみあってこその西行の有名な歌の成立を説いているが、怪しいのは見ての通り。この古川柳は、川柳としては上出来だが、俳句なら駄作であろう。しかし、こういう川柳こそ、俳句の教条主義臭さがなく、楽しい解放感をもたらしてくれる。そして同時に、「魂のもの悲しい透明性」［マシュー・アーノルドのことば］をも感じさせてくれる。

17　川柳が詩かどうかという問題は、川柳がこの世に誕生して以来ずっと日本の評論家たちによって議論され続けてきた。そしてその論点は三つに分かれる。川柳は詩であるとする肯定派。川柳は詩ではないとする否定派。そして、川柳が詩かどうかわからないとする中間派。二番目の否定派の連中が、川柳への評価があま

りにも低く、前にもふれたが、日本人とりわけ有識者と呼ばれる人たちが示してきた、どちらかというと軽蔑的態度は、かつての浮世絵に対する態度に近いのではないだろうか。このことの理由は、川柳に関していえば、玉石混淆であるという事実、もっと具体的な英語表現のたとえを使うと、わずかなおいしい林檎に腐った林檎がたくさん紛れ込んでいるからである。ここで、川柳が詩かどうかという問題にもう一度立ち返ってみよう。たとえていうなら、詩という国には、絢爛豪華なお城が数多くそびえ建っているが、われわれの目の前に置かれた問いは、より有益ないいかたをすると、「川柳は、いったいどのようなお城（もしあるとすれば）の部類なのだろうか？」ということである。この問いの答えを出した後、われわれは、その経験から、川柳における詩という考え方を、より広範囲に浸透させて（必要とあればの話だが）いけるかもしれない。

　俳句が詩であるという前提に立ってみれば、川柳が詩であると証明するのは難しくないだろうと思われるのだが……。次の川柳の一例を見てみたい。

ブリキ屋が寝ると一度に夜が更ける　　　半治

When the tin-smith goes to bed,

Suddenly

It gets late.　　　　　　　　*Hanji*

ブリキ屋の隣に住んでいると、騒音に一日中悩まされるが、だれひとりそのことに気づいてくれない。音が夕方遅くまで続いて途切れないのは、ブリキ屋がつましい生活を送るのに毎日長時間仕事をしなければならないからである。そしてトンカチの音が鳴りやむ。突然、水を打ったような静けさがあたりを支配し、もう遅い時間だと気づく。これは、ブリキを叩くリズミカルな音が止むことで気づいたわけでなく、音が鳴っているときと止んだ後の沈黙との同時性によって、もたらされたのであろう。いいかえれば、

これこそが詩的経験であり、科学的あるいは心理的経験からでは生まれてこないものである。あらゆる精神生活と同様、詩的経験は因果関係と繋がっていて、論理的枠組の結合と一致するが、本質的には別の領域に属している。詩が提供してくれるのが、この世の生活の実相であり、川柳がこれをもっとも得意としている限り、川柳はりっぱに詩の範疇に入って当然である。前にも指摘されているが、川柳はときどき自らの嘲笑的で皮肉な性格を忘れて、上品ぶった俳句のような詩のふりをする悪い癖がある。

二三点渦を散らしてかも浮み　　　　　瓢

> Making two or three eddies,
> 　　The wild duck
> Floats there.　　　　　　　　　*Hisago*

これは、野鴨が湖に着水した直後の水面の動的な水飛沫（しぶき）と渦の一幅の絵である。一度か二度、水面にふれた鴨の足とガラスのような水の表面が飛散している印象的な瞬間が凍結している。これが川柳か俳句かは、判別が難しい。

　ときどき皮肉のスパイスが効きすぎて、詩としてはほとんど強烈すぎる川柳もあって、その一例が次の句である。

絞首台七千萬が一人欠け　　　　　太郎丸

> On the scaffold;
> 　　Seventy million,—
> Now one less.　　　　　　　*Taromaru*

ときおり題材があまりにも露骨すぎたり浅薄すぎたりして、作者の存在を強く深く長く感じることが憚られることがある。

奉迎の鼻先きへ来る馬の尻　　　　　古

> Welcoming the Emperor,—
> 　　Right in front of my nose
> Come a horse's hindquarters!

ここにはユーモア、真実味、「人生の批評」も含まれているが、

騎馬隊の馬の尻のせいで、天皇の行幸の視界がさえぎられるという滑稽な顛末のだれにでもありうるその普遍妥当性である。『ロミオとジュリエット』に登場するマキューシオは、剣で刺され瀕死のうちに自分の痛手について次のように述べている。

> そうとも、この傷は井戸ほど深くない。傷口も教会の戸口ほど広くもない。それでも、じゅうぶんすぎるほど効いてくるのさ。

これぞまさに詩そのもの、川柳の詩である。

結論

　川柳は全体の真実を語る。卑俗なもの、筋道の通った主題、手垢にまみれた卑近な現実を、強く打ち出す。ときおり風刺や皮肉とは無関係で、これまで注目されず等閑視されてきた事柄を題材にする。たとえば、次の句などがその好例である。

待つてゐる女ただだだ地を見つめ　　　清美

The waiting girl

Looks at the ground

Only.　　　　　　　　　*Seibi*

しかし川柳は必ずしも「全体の真実」を語るものでもない。なぜなら川柳は、俳句が盛り込むものすべてを排除するからである。俳句も川柳も、ともに人生の本質を表現するが、言語表現のもっとも限られた知的要素を駆使していても、音楽がやれることが文学にはできない。たとえこの二つがいっしょに話題に取り上げられたとしても。詩の中に、理想主義と現実主義、古典主義とロマン主義、冷笑主義のひとつの組をひとつの詩の中で融和させようとこれまで試みられてきたが、残念ながら成功には至らなかった。俳句の側から見てみると、その歴史上もっとも早い時期から、二項対立の例があることに気づかされるが、その最高点に達するの

が小林一茶である。川柳の具体例を引いてみよう。すべて古川柳であるが、詩的なものと現実的なものとの融合、精神世界と物質世界の二項対立の超越的な融合を、ここに見ることができる。

日の永さ琵琶の買手が二人来る　　　古

> The length of the day!
> 　　Two people came
> To buy biwa.[14]

元日の町はまばらに夜があける　　　古

> In the streets of New Year's Day,
> 　　Here and there
> Dawn is breaking.[15]

夢の世に夢を大事に二日の夜　　　古

> In this dream-world,
> 　　Dreams are a matter of grave concern,
> On Second Night.[16]

花の留守悠然として虱を見　　　古

> While they are out cherry-blossom-viewing,
> 　　Quietly, calmly,
> Looking for lice.

牛方のあきらめて行く俄雨　　　古

> The cow-herd
> 　　Walks along resignedly,
> In the sudden shower.

美術界で、かつて「魅力的形態」が大いに話題となって、実践のほうではなく美術批評のほうに好ましい影響を与えたが、その後その価値が見直されたのが、絵画の主題は無関心の問題ではないということだった。たとえば、受胎告知は肉屋の店先よりはもっとましな美術の主題である。美術と詩からわれわれが望むものは、「人間的温かさ」である。奇妙なことに、この人間的温かさも、ひとつの型である魅力的形態を持っている。この温かさと形態を感じ取り理解するとき、われわれの生活の中に潤いを見出すのである。

　同じ要領で、ユーモア、風刺、軽み、禅、超越などを語るのは難しくはないが、こういうものの背後、特に最良の川柳の中にあるのがこの人情の温かみで、同情でも感傷でも「涙のあるもの」［『アエネーイス』のことば］でもなく、すべての鋭い批評、悪意の洞察の中にあっても、悲しみを拒絶するのでなく受け入れる清廉潔白な精神であり、真・善・美を認識しつつそれらに圧倒されない強靭さを持つものである。

川柳の起源と技法

　川柳の前身である前句付は、元禄時代（1688-1704）から発生し、天明時代（1781-89）まで庶民の間に広まり、その間、芭蕉（1644-94）や鬼貫の出現とともに誕生した俳句以上に人気を勝ち得て、最盛期を迎えたのは俳句の誕生後およそ百年のことであった。川柳はもちろん俳諧の流れに属するものだが、その価値は絶対というよりも相対的で、同じ俳諧から誕生した川柳のほうには、毀誉褒貶の意見がかまびすしい。第一回の「川柳評万句合」は宝暦7年（1757）8月から12月に選句された。批評の才能に長けた選者が、やがて選句をのせた「川柳評万句合」と題する摺物を出すようになった。いくつかの前句付の実例をのぞいてみることにしよう。

《前句》　　　　すましこそすれ　すましこそすれ
　　　　　　　　　With a straight face,
　　　　　　　　　A set face.

《付句》　　　　無いふりが金持至極上手なり
　　　　　　　　　Pretending to have no money,
　　　　　　　　　The wealthy man
　　　　　　　　　Is extremely clever.

前句付は、点者が「前句」を出題し、これに投句者が「付句」をこしらえる。そして読者の頭の中では、「前句」と「付句」を逆転させることで、論理的な首尾一貫性が完成する、江戸庶民の文芸となったのである。読者の頭の中では次の順番で理解されることになる。

　　　　　　　無いふりが金持至極上手なり
　　　　　　すましこそすれ　すましこそすれ

もっと有名な例をみてみよう。

《前句》　　　切りたくもあり　切りたくもなし

　　　　　　　　I want to kill him, (cut it)[17]
　　　　　　　　Yet I don't want to.

「付句」に諧謔の滑稽味が添えられているのが次である。

《付句》　　　盗人（ぬすっと）をとらえてみれば我子なり

　　　　　　　　Catching the thief
　　　　　　　　　　And looking at him, −
　　　　　　　　My own son!

別のものとして、まじめな態度の練習成果がうかがえるものがある。

《付句》　　　さやかなる月をかくせる花の枝

　　　　　　　　Hiding
　　　　　　　　　　The clear moon,—
　　　　　　　　Branches of cherry blossoms.

ついでにもうひとつ平凡なものもあげておきたい。

《付句》　　　心よき的矢の少し長いをば

　　　　　　　　The arrow
　　　　　　　　　　That suits me,
　　　　　　　　Is a little long.

　前句付の選者に柄井八右衛門（からいはちえもん）という人物がいて、彼の筆名が川柳で、この名前が新しいこの詩の名称として用いられるようになった。柄井川柳は俳諧の談林派の流れを汲んでいたようである。談林派は、芭蕉が立ち上げた厳格な精神性を重んじ、いくぶん神秘主義的でありながらも、客観的な作風の蕉門という流派に対抗する派であった。けれども、柄井川柳は前句付の優れた選者としての名声が高かった。彼の辞世の句といわれるものを見てみよう。

木枯やあとで芽をふけ川やなぎ

The winter wind;
　　　　But bud in days to come.
O river willows![18]

　前句付の付句が独立して川柳になったように、俳句も俳諧連歌の発句から独立したものであった。この関連でいうと、川柳も俳句と同様、それ自体の一句の前後に意味の余韻あるいは谺（こだま）を内包しているということが、もっとも重要である。両者とも、究極的に、俳諧連歌の流れの中から生き残った一句どうしであるからである。しかも両者とも、貴族階級ではない庶民の文芸として発展してきたことである。ただし、俳句と川柳の内実の違いについては、もうすでに見てきたとおりである。

　初期の川柳の入選句から厳選して小冊子にまとめたものが、『誹風柳多留』初篇で、明和二年（1765）に刊行された。その後、続篇が天保十年（1839）まで陸続と現れ、百六十七篇まで続いた。しかし、最良の川柳は、初篇から二十四篇までに収められた初期の作品に集中していた。理由はいろいろ考えられようが、おそらく主な理由は、庶民の情緒や情趣が衰退の方向に向かっていき、続編の川柳が滑稽と機知の小手先の技術へと傾斜しすぎ、質が低下してしまったのであろう。

　川柳はやがて、四世の川柳を継いだ眠亭賤丸（みんていしずまる）によって名づけられた「俳風狂句」に、取って替わった。後に、「俳風狂句」はただの「狂句」と呼ばれるようになる。次の一例をみてみよう。

箱へ入れすぎて娘を桶へ入れ　　　　　　　古

Boxing up the daughter too much,
　　　　They put her
In a deal box.

これと呼応する、はやりことばが当時あったらしい。

箱入りを十九で
桶に入れかえる

「箱入り娘」として、親が子に手塩をかけて育てようとすると、かわいそうに娘は虚弱なために早死にしてしまうことがあるものである。

語彙と統語法（シンタックス）

　川柳は、日本語を知らないひとには説明しにくい、独特な文学の表現方法である。「体言止」や「切字」を用いる俳句と違って、川柳の句末は動詞の省略形で終わらせるのが一般的である。このことによって、川柳に独特な鋭い辛辣な意味を含ませている。川柳の英訳に際しては、分詞構文を多く用いているが、その意味合いはかなり弱く、時制と数詞も厳密な規則に従っているわけではない。

詩的簡潔

　五・七・五という形式の中で、川柳のこの簡潔性は多くを語ることに重きを置いていない。かといって、できないわけではないが、全体よりもある適正な部分を捉えることに簡潔性がより大きく機能している。ひとつの例を引いておきたい。

祭から戻ると連れた子をくばり　　　　古
Coming back from the festival,
Parcelling out
The children he took.

擬人法

　擬人法は、俳句ではほとんど見られないが、川柳では頻繁に用いられる。現代の川柳の例を見てみよう。

自動車に今日の疲れを洗はれる　　　凡柳

> Today's fatigue
> Being washed away
> From the motor-car.　　　*Bonryu*

話しことば

　川柳は、その誕生から、話しことばがもっとも目的にかなった手段として使われてきた。

何になりますと大工は切つてやり　　　古

> "What's this for?"
> Says the carpenter
> As he cuts it off.

大工が、素人に向かって、板や棒からなにを作ろうとしているのかと、材料を切りながらたずねているところ。

これはまあ招んだようだと膳を出し　　　古

> "Why, this looks as if I had invited you!"
> He says,
> As he puts out the small table.

来訪者が間違ってやってきたのに、ご馳走が並んだお膳を出して、招待客の宴会のようだった。

川柳の作り方

　昆虫・草花・祭事の難しい名称をすべて知っている必要もないし、特殊な語彙や技法もいらない。事実、川柳の決定的な特色であるとっつきやすさは、逆に川柳の大きな欠点であった。それにもかかわらず、ほかのどんな表現形式には無理なのに、川柳についていえるのは、だれもが良い川柳を二つや三つは作れるということ。なぜなら、だれもが自分や周囲のひとびとに、普遍的な人情らしきものを見るからである。

風俗習慣の写し絵としての川柳

　川柳は、明和の時代に江戸の町人の間に起こり、その後も、庶民の人柄や習慣を巧みに写し取ることを目指してきた。いまでは、こうした習慣ももはや見られなくなったものが多い。そうした時代を経て、特に戦後、東京の庶民の性格が一変したように思われる。川柳は、これまで古い時代の風俗習慣の研究に恰好の材料として、広く使われてきた。川柳に現れた習慣・迷信・庶民感覚を研究し、10万句の川柳を精査した、西原柳雨の業績を見落とすわけにはいかない。たとえば、江戸庶民の初鰹へのこだわりを示す、食道楽と初物食いへの執心ぶりである。

　　　　魚売りぶたれた訳は供を割り　　　　　　　古

　　　　　　The reason the bonito seller
　　　　　　　　Was beaten,—
　　　　　　He cut across the line of attendants.

大名行列がゆったりと道を練り歩いていると、魚売りは行列の最後が通過するまでがまんして待つことができない。行列に割って入ろうとしたところ、その苦労のかいもなく、殴られてしまった。

　　　　銭のない非番は窓へ首を出し　　　　　　　古

　　　　　　Off duty,
　　　　　　　　And no money,
　　　　　　He sticks his head out of the window.

上記の古川柳は、もっとも身分の低い侍の疲れ果てた生活の一端がうかがえる。

　　　　浪人の系図ばかりを食い残し　　　　　　　古

　　　　　　The masterless samurai
　　　　　　　　Has eaten all
　　　　　　But his family tree.

武家に仕官していない浪人は、悲惨な生活苦に喘いでいた。金目のものはすべて売り払って、糊口をしのいでいた。そして手元に

残るのが家系図だけとなる。これさえも売れれば売りたいと思っているが、もちろん買い手はだれひとりつかないのは当然である。

明治時代後半の川柳[19]の具体例をのぞいてみることにする。

半鐘は近くどんより夜が明ける　　　　緑天

    The fire bell is near-by;

      An overcast sky

    Lightens.　　　　　　　　　*Ryokuten*

火事が近いのは、半鐘を打ち鳴らす回数の多さで知らせる。火事が遠いときは、一回だけである。とても近い場合は三回で、上記の川柳はおそらくそれに当たるだろう。危険が身近に迫っていないと、野次馬は門の前で火事見物をしていると、東の空が明るくなってくる。次の川柳は「時代がかっている」流行通信といった類であろうか。

蓄音機不思議そうな二三人　　　　冠柳

    Two or three people

      Looking astounded,—

    A phonograph!　　　　　　*Kanryu*

大正時代（1912-25）の川柳も時代の香りが漂ってくる。

鉛筆と一緒にさげるビール抜　　　　雲雀

    Carrying

      A pencil,

    And a beer-bottle opener.　　*Hibari*

これはカフェの女給の肖像の一コマ。いつもエプロンから栓抜と鉛筆が顔をのぞかせていた。

のろのろとした葬式の用がかけ　　　　紋太

    The funeral procession

      Creeping along,

    My work gets behind.　　　　*Monta*

この頃は、いろんなものも含め、葬式も手間をかけないというの

が時流だった。けれども、葬式は自動車はまだ使われておらず、昔ながらの葬列を作って歩いていた。葬式に出ると一日がかりで、仕事に差し支えるのは避けられなかった。

> 自転車に乗れる産婆の受けがよし　　　　長城
>
>> A midwife
>>> Who can ride a bicycle
>> Is in favor.　　　　　　　　　*Chojo*

これはスピード時代の到来を告げる一句であろう。

> 三角の空地ガソリン注売所　　　　　　　南枝
>
>> A triangular piece
>>> Of waste ground,—
>> A gasoline filling-station.　　　　*Nanshi*

空地であったはずの所に、時代の先端のガソリン・スタンドの建物が建つ風景である。

詞書

古川柳には詞書が添えられていることが多く、現代川柳もその点では似ている。ただ、両者において、詞書が必ずしも必要不可欠なものでなく、川柳の一句を展開したり、明瞭にしたりするのに役立つ。次の川柳は、恋人の喪失を詠ったものであるが、外国詩のような雰囲気を醸し出している。

>> 恋人を失ふ
> チューリップ勝手な方を向いて咲き　　　照夫
>
> On the Death of My Lover
>> The tulip
>>> Blooms in the direction
>> It wants to.　　　　　　　　　*Teruo*

匿名性

古川柳の匿名性は、不思議だがそれなりに意味深長な特徴であ

る。名声への執着を捨て、記録が主体である現代の文学には見られない、共同体の創作の情熱が根底に横たわっている。この点で、川柳は、歴史に生きてきた、民族音楽・中世の教会建築・聖書の挿絵などの無名の作家たちを、われわれに想起させてくれるのかもしれない。

選句の基準

古川柳はおよそ 12 万句あるといわれている。そのうちの 17,000 を超えるものが最良の作品と考えられ、前にもいったように、『誹風柳多留』初篇から二十四篇の中に採録されている。しかし皮肉なことに、作品が集成された小冊子に、質が低いものを多く含んでいるのは、ほかの芸術には見られない川柳の苦しい立場といえる。正当な方法とは、もちろん、鋭い批評・ユーモア・人情・現実・普遍性が感じられない粗悪な川柳を排除することである。しかし本書の執筆の過程で、駄作に属する多くの川柳をむげに拒絶することが出来なかった。それは、わずかながらでもユーモアの風味は失われていないと、筆者は信じているからである。人生は、最良のときでも悲しいものである。われわれは笑うために、好機を指の間から滑り落ちないようにするしかないのである。

結論

1884 年、当時 34 歳の R. L. スティーヴンソン（1850-94）から W. E. ヘンリー（1849-1903）宛の手紙に、（書き手は川柳など知らないのであるが）川柳についてのもっとも優れた擁護論を見つけ出すことができる。文面は次のように始まる。「体調はずいぶんよくなって、もう震えの発作もない」。というのも肺出血から重病を患い、生死の境を数週間さまよったからである。この文の続きを見てみよう。

……わたしの人生観は本質的に喜劇である。……そしてわたしの本質にとってすばらしいものは、セックスと笑いが触れる美である。……悲劇だと、わたしにはどうも具合が悪くなるようだ。悲劇がうまくいくときは、英雄的幻想に曇らされて、うまくいくのだ。幕間のお道化狂言は御法度というわけだ。われわれの人生の道のりにつきそって、死の床のそばにも寄りそい、辞世の句までも詠ってくれる「笑い」、この「笑い」がこうした威勢のいい嘘っぱちから失くなってしまっている。しかし美を守りわたしたちの人生のいたずらっ子に触れる喜劇こそ……ひとの運命と人格のもろもろの要素を抱きとめて、片目をつぶり哀れみの片目だけを見開くのではなく、哀れみと笑いの両目を開けて、物語を語ってくれるのだ。

スティーヴンソンのことばを借りると、川柳は「セックスと笑いが触れる美」である。川柳は「われわれの人生の道のりにつきそってくれ」そして「ひとの運命と人格のもろもろの要素を抱きとめて」、すべてのものを「哀れみと笑い」でながめるのである。

〈原注〉

1　男は裸で夕涼みができるのに、女にはそれができない。

2　猫には許される恋の逢瀬が、人には許されないため。

3　ナイチンゲール（コマドリ属のサヨナキドリ）の一種。

4　月をずっとながめているためである。

5　「盥から盥」は、誕生から死まで、という意味。

6　『菜根譚』、後集69条。

7　泥棒が家に入って廊下に排泄物を残していったら、家人は目を覚まさない、と信じられていた。

8　これは死者の霊魂の人魂で、生前は頼りない居候だったらしい。

9　魂が死者の肉体からあまりに早く離れ、それがまだ矢のように飛んでいる。

10　D. H. ロレンス「ニュー・メキシコ」より。

11　デヴィッド・ギャスコインの詩「砂利採取場」より。

12　『川柳江戸貨幣文化』（東洋館、1947年）には、およそ300のお金にまつわる川柳が収集・分類・解説されている。

13　悟りを開いた者。覚者。

14　弦楽器の一種。

15　元日には寝坊するのが恒例。

16　新年の二日目の夜の「初夢」が、その年の吉凶を占うと考えられている。

17　「切る」には、二つの意味がこめられていて、鋏で「切る」と刀で「切る」（つまり「殺す」）である。

18　「川やなぎ」は川柳の訓読み。川柳が将来に繁栄するようにという願いがこめられている。

19　明治時代初期には、良質の川柳はほとんど見られない。大政奉還そして明治維新といった新しい政治体制のせいであるのと、狂歌の流行によるものと考えられる。

Ⅱ

川柳名句選

R. H. ブライス　選・解説

女

応援の中に彼女のコンパクト

鮎美

In the cheering throng,
　　The girl
With her compact.　　*Ayumi*

　　　　運動会の徒競走の盛り上がりの
　　　　場面に、だれもがわれを忘れて応
援している最中、ひとりの女性が顔におしろいをはたいている。

口説かれて娘は猫にものを云ひ　　　古

The girl talks
　　Only to the cat,
Being made love to.

　口説いてくれる男が嫌いなわけではな
いが、女は自分の気持ちを隠し知らんぷ
りして、そばにいる猫に話しかける。男
が「ちょっとは気に入ってくれんか？」とたずねると、「あんた
の手はほんまに柔らかいわ」と猫のほうを向いた女の答えが返っ
てくる。この問答には別の意味も隠れて
いるのが心憎い。

団扇ばかり見て娘返事せず　　　牛耳郎

The girl
　　Makes no answer,

Only looks at her fan.　*Gyujiro*

　ここに描かれているのは、すべての女性にある不思議なオーラ
の存在である。それはまた永遠の謎なのであろう。

　似合つたと云はれて娘子を捨る　　　古
　　Told it becomes her,
　　　　She gives the baby
　　Back.

　女性の繊細さとはにかみは、
たったひとりの男性に捧げるには
もったいなさ過ぎて、未婚の女性 [未亡人も含
む] が赤ん坊を母に託して家を出ていく。恥じ
らいを含んだこの行為こそ、この川柳の風刺
の矢の的であるが、その中にひとの心の花が咲くのをわれわれは
目の当たりにする。このユーモアによって、感傷性やみせかけか
らその花を守ることができるのである。

　丸ノ内島田にみんな振り返り　　　小次郎
　　In Marunouchi,
　　　　Everyone looks back
　　At the Shimada.　　*Kojiro*

　丸の内界隈は東京のモダンで最新流
行の町だった。ここに島田髷の女性が
いるのは場違いな感じがする。島田は、
当時年のころ 18 歳くらいの女性や芸者
さんがしていた髪型である。

その頃の女はいふがまゝになり　　　路郎

> At that time,
>> Women
>>> Were so obedient!　　*Jiro*

この川柳は昔の女性への言及である。現
代の女性よりも異性に喜びを与えたり受け
たりする欲求が強かったようである。

長いこと女がまたす洗面所　　　室風

> In the wash-room,
>> How long
>>> She keeps them waiting!　*Shippu*

女性があんな場所で奇妙なまでに
そして狂ったかのように無神経にな
れるのが、かいもく見当がつかない。

一日の機嫌も帯の締め心　　　古

> The day's mood,
>> In the tying
>>> Of the sash.

機嫌の良いとき女は帯をきちんとほどよく締め、虫
の居所が悪いと帯はきつすぎかゆるすぎになる。

男なら直に汲まうに水かゞみ　　　古

> If it were a man,
>> He would soon finish drinking, —
> The water-mirror.

女性なら、水に映った自分の姿を、鏡
でチェックするように、じっと見ないで

はいられないものである。この川柳の魅力は、女性ならではの礼
儀正しい遠慮がなせる技のせいなのかもしれない。

焼芋を囲んで人を謗(そし)るなり　　映糸

Round the roast sweet-potatoes,
　　　Speaking ill
　　Of other people.　　*Eishi*

　　　　　ここにある二つのものこそ人生
　　　の喜びである。二つが同時にあるなら、
女性にはこの世で手に入る最高の贈り物。

子を抱けば男に物が言い安し　　古

Holding a baby,
　　It is easy
To talk to a man.

赤ん坊を抱いていると、ある種のかくれ蓑
となる。両手がふさがっているので、相手の
男性もつい気が緩むので、声をかけやすくな
る。昔の日本では、女性は男性に話しかける
こともできなかったし、女として生まれたら
目立たないことがいちばんとされていた。

小説と自分ときりで泣いてゐる　　涙艶

With a story
　　And herself,
　　Weeping.　　*Ruien*

　　小説を読んでいる女性がいる。彼女は、
涙ながらに、物語に耽溺する自由を謳歌し
ている。これぞ極楽、極楽。

惚れ惚れとする日のあつた鏡なり

豆坊

> Time was,
>> When in this mirror
>> I was charmed by myself.　　*Mamebo*

　　いまは皺くちゃで白髪頭だが、昔は黒髪
とすべすべの頬が自慢だった。鏡は変わら
ないが、同じ鏡とは限らない。映るものが変化するからである。

此の辺が箪笥だつたと灰をかき　　小次郎

> "My wardrobe
>> Was about here";
> Scratching in the ashes.　　*Kojiro*

　　火事で家が焼け、焼け跡を見に家族がやっ
てくる。奥さんが火掻棒代わりの木片で残骸
をつつき、ぶつぶつととりかえしがつかない
文句をひとりごとのようにいい続ける。女は、
男のように、運命だと簡単にあきらめきれな
い。

我々婦人はと痩せつぽちが立ち　　珍茶坊

> "We women....!"
>> A skinny creature
>> Stands there.　　*Chinchabo*

　　婦人参政権論者と職業婦人の大半が魅力に
欠けるのは偶然ではない。美しい女性は自分
たちの権利よりも正当に評価できる特権を
もっている。

子が出来てからはあらはに肌を出し　　笑子

> After she has a baby,
>> She openly
>
> Exposes her body.　　*Shoshi*

　子を出産した後、日本の女性たちは公共の場で
も遠慮なく乳房をさらす。これは国民性の習慣の
違いとすれば、おそらく良い習慣だろう。

手拭いを絞る女は口を曲げ　　家路郎

> The woman
>> Wringing out a towel,
>
> Grimaces.　　*Yajiro*

　この川柳のポイントは、男だったら、腕っぷしが強いからでは
なく洗濯のようなものに全身全霊を傾けられないから、このよう
に口を曲げて手ぬぐいを絞れないことを、暗にほのめかしている。
女性はすごいのである。

女ばかり居て盗人の音にする　　都門

> Being women only,
>> They decide that the noise
>
> Was made by a burglar.　　*Tomon*

　女たちは、男性がひとりでもそばにい
れば、隣の部屋のかすかな物音もいっさ
い気にしないか鼠だろうとしか考えない。
しかし、女たちしかいないと、恐怖心が
先に立ってよけいな妄想にまで広がっていく。

深川に育つて河豚の顔を知り　　周魚

> Brought up at Fukagawa,

> I know
> What face the globe-fish have.　　*Shugyo*

　深川一帯は、海にもっとも近く、たいへんな珍味とされた河豚料理が提供される場所としても有名だった。河豚は毒があるため危険な魚である。深川界隈以外に暮らしている江戸の庶民には、河豚を見る機会はほとんどなかった。蛮勇をふるってあえて食べようという者は、そもそもいなかった。この川柳では、深川生まれでそこで育った者は、河豚を食べることに誇りをもっていたことがよくわかる。

　　　　詐らぬ姿で女眠るなり　　　花恋坊

> A woman,
>   　Asleep, —
> Without pretence.　　*Karembo*

　女性は目覚めているときは、多少の差はあれ、女優のようにみごとに演じ切って生きている。ところが眠りについたとたん、本来の自分に戻り、かわいかったり醜いところもあったりする。もちろん、これは男性にもいえることだが、女性のほうが際立っている。

　　昼過の娘は琴の弟子も取　　　古

> The girl past her prime,
>   　Takes in
> Pupils on the *koto*.

　「昼過の娘」とは、22、3歳の年頃の女性のことで、当時ではすでに適齢期を過ぎていると見なされていた。[「娘十八番茶も出

花」という言いまわしがある]。「昼過の娘」であると自覚している女性は、投げやりな感じで（原文の助詞「も」がそれを表している）、近所の若い女性に琴でも教授してあげるという、けだるさのようなものが出ている。

きやつきやつと騒ぐ膝ぎりの水　　銀之助

<blockquote>
Fussing and frolicking about
　In the water,
Knee-deep.　*Ginnosuke*
</blockquote>

　数人の女性が小川の中を歩いている。水が膝まで届き、片手で着物の裾を持ち上げ、もう片手で草履(ぞうり)か下駄を持ち、ぺちゃくちゃしゃべったりくすくす笑ったりしている。「わあ、冷たい！」「たくさん石があるわね」「気をつけて。足をとられちゃうから」「あわてないで、そんなに速く歩けない」「穴があるわよ！」「ああ、こわかった！」「だからいったでしょ」。男女の違いは、この人生の一齣にすべて集約されている。

道普請(みちぶしん)通る女が歌になり　　嬉楽

<blockquote>
The road-menders;
　The women passing by
Turn into their songs.　*Kiraku*
</blockquote>

　「道普請」とは道路工事のこと。鶴嘴(つるはし)を持った男たちが、土を掘り起こしながら歌っている。「この娘(こ)はかわいい。でも振り向きもしない。あの娘は魅力的。でも自分でそれがわかりすぎ」。娘の通行人の品定めをする。しかも即興で歌う男たちの息もぴったり。

国ばなし尽きれば猫の蚤をとり　　古

> The stories about home
>> All finished, —
> Catching the cat's fleas.

　この二人は、女どうしである。ひとりは江戸の女中で、もうひとりはおそらく江戸に来たばかりの妹らしい。妹が故郷の家や村のいまのようすを語り終えると、二人は静かになり、心の中ですべてを反芻しながら、自分の気持を整理するかのように猫の蚤をとるのに専念する。

女連れ少し散財して帰り　　飛公

> The women go home,
>> After squandering
> A little money.　*Hiko*

　これが男連れどうしなら、散財もかなりなもので、ひょっとするとあり金全部をはたくことになるかもしれない。現実には、女どうしということで、お金にうるさい慎重な族なので、せいぜい茶屋でお茶とお菓子をいただき、おしろいと石鹸を買うそんな程度であろう。

髪がよく出来たでたすきやつと越し　　古

> Her hair done beautifully,
>> At last
> She gets the tasuki over her head.

　たすきは、和服の袖をたくしあげて動きやすくするために、両肩から両わきに斜め十文字形に結ぶ紐である。女性が髪を結ってから、その髪をくずさずにたすきをかけるのは、ことに難しかった。

子

標本を運ぶ級長羨まれ　　黄子朗

> The monitor
> 　　Carrying the specimens, —
> They have heart-burnings.　*Koshiro*

　この句は、小学校の級友たちの心情を、痛々しいまでに表現している。級長の顔も目に浮かぶようだし、自分のことで手一杯で、生徒たちの日常生活に疎い先生の顔もまた浮かんでくる。

ソラ御出子（おいでこ）は家中を綱渡り　　花笑

> "Here now! Come along!"
> 　　The child walking the tight-rope,
> All over the house.　*Kasho*

　子供がひとりだちするのを目の当たりにした親たちには、サーカスの綱渡りのような足はこびにしか見えない、奇跡的瞬間である。

雨だれを手へ受けさせて泣きやませ　　古

> Letting him catch the rain drops
> 　　In his hand,
> And stopping his crying.

　子供がしばらく泣き続けると、母親は子供を抱いて縁側までいき、子供の片手を取って軒から滴り落ちる雨の雫をつかませる。雨垂をじっと見るのは面白い。水滴の触感も不思議で、子供はつ

いつい泣くのを忘れてしまう。

子供は風の子天の子地の子
三太郎

> Children are the children of the wind,
> The children of heaven,
> The children of the earth.　*Santaro*

　子供は母なる自然の両腕に抱かれて
この世に誕生する。日本の古くからあ
る言いまわしに、「子供は風の子」が
ある。子供は寒風のなかでもへいちゃ
らなのである。

親ゆへにまよふては出ぬ物狂ひ　　古

> They do not become
> 　　Mad,
> For their parents.

　親が子のせいで気違いになるというのはあるだろうが、子が親
のせいで気が狂れるというのはあまり耳にしたことはない。この
川柳は親の愛と子の愛の違いをあぶりだしている。

人情が棄子を無駄に囲んでる　　子陽

> Human emotion
> 　　Surrounds the abandoned baby,
> Uselessly.　*Shiyo*

　捨て子の赤ん坊のまわりに人だか
りができている。不憫に思う声が上
がったり、母親への非難の声が集中
する。しかし、だれひとりその赤ちゃ

んを家まで連れて帰ってやる者はいないのだ。

迷ひ子のいきなり泣いて母に逢ふ　　　綾丸

    The lost child

      Began to cry suddenly, —

    He saw his mother.　　*Ayamaru*

　お母さんの姿を見るまで、男の子は気丈に
涙をこらえていた。しかし本当に自分のこと
を心配してくれていたひとにいま会えて、親
切にそばにつきそってくれたひとあるいは警
察官からぱっと離れ、泣きながらお母さんに
駆けよっていった。

客の靴さがせば坊や穿いてゐる　　　紅花

    Searching for the visitor's shoes, —

      The little boy

    Has them on.　　*Koka*

　玄関にお客さんの靴があるはずなのに、
帰ろうというときにその靴が見えない。泥
棒が盗んでいったか、犬がくわえて持ち
去ったか、と思いきや、子供がはいてぶか
ぶかのまま早足で歩いている。

ピストルの方が刀の子にぶたれ　　　阿弥丸

    The child with a pistol,

      Beaten

    By the child with a sword.　　*Amimaru*

　現実とそのさかさまの世界との不思
議な相克が、この句の絶妙なユーモア

を醸し出している。

菓子のある子へ遊ばうよ遊ばうよ　　待男

"Let's play! Let's play!"
　　To the child
　　Who has some cakes.　　*Matsuo*

イソップ物語の教訓のように、人間の性格
の邪悪さや愚かさ、利己主義や狡猾さといっ
た一面を、すでに子供の中に見つけ出した句。

楽隊が来てかくれんぼ皆駈け　　信山

　　As the band approaches,
　　　　All the children playing hide-and-seek
　　Run out.　　*Shinzan*

かくれんぼをしていることを忘れ
て、あちこちから姿を現して駆け出
してくる、子供たちの音楽隊の奏で
る音への強い好奇心が、無我夢中の
行動に現れている。

三輪車貸して貰ふに後を押し　　清二呂

　　Pushing behind,
　　　　To be lent
　　The tricycle.　　*Seijiro*

　子供が三輪車に乗っている。もうひとりの子供は、後ろから三
輪車を押していってあげている、ほほえましい光景。もちろん、
後ろの子は三輪車をあとで貸してもらえると期待している。

座敷中歩く子明日で下ろす靴　　木魚

The child walks all over the room
In the shoes
That will be worn from tomorrow.　　*Mokugyo*

まっさらのピカピカの靴を買ってもらった。子
供はうれしくてはいたまま座敷の中を歩きまわる
（日本の家の中では靴ははかない習慣）。明日まで待て
ないわくわくする気持ちを詠んだ句。

子をほうる真似をしてゆく橋の上　　古

Crossing the bridge,
Pretending
To throw the child over.

これはフロイトの精神分析に基づくと、
明らかに深い意味がありそうである。しか
し、もっと寛大な川柳的笑いの心に立ってみれば、橋から子供を
放り投げる真似をする動作に、第三者からすると恐怖でありなが
ら喜々とする子供の感覚と放擲することはない親の力強い自信が
あるとしても、可哀想な遊びであるのはまちがいない。

道ばたにすわつて父をねだるなり　　古

Sitting down on the path,
Clamouring
To his father for something.

幼い子が父と道を歩いていると、お店の
中に自分の欲しいものを見つける。父はぶ
つぶつ文句をいって子供を引っぱっていく。しかし、男の子は道
の真ん中にしゃがみてこでも動かない。おもちゃかお菓子を買っ
てと泣き出す。父はいらいらしながらあたりを見まわし、自分の

負けを認める。

すねた子を壁からやつとひつぺがし　　古

   At last,

     Tearing off from the wall

    The sulky child.

　叱られたかなにかで、幼い女の子は機嫌が悪い。壁に張りついたまま振り向きもしない。母親がどんなになだめすかしても、女の子はますます頑なに意地を張りとおす。とうとう母親も堪忍袋の緒が切れて、娘を壁から力づくで引き離そうとする。この「壁からやっとひっぺがし」という言いまわしに、母と子の根源的な本質が潜んでいる気がする。

台所へ清書を見せにやらされる　　朽咲

 Sent

  To the kitchen

 To show his fair copy.　　*Kyusaku*

　父親から「お母さんに見てもらいなさい」というのが、子供の宿題ややるべきことの最終チェックとなる。この句は、かすかなユーモアをとおして、家族をより強く結びつける繊細な絆の存在が感じ取れる。

遊ぶ子をねぢきる様に鼻をかみ　　剣花坊

  Blowing the nose

   Of the child at play,

  As though trying to twist it off.　　*Kenkabo*

子供に鼻をかませるため手伝っていると、親はいらいらしてくることがある。そして、どういうわけか、ハンカチを鼻に当てるだけよりもついよけいな力を加えてしまう、なんともしがたい欲望を抑えきれないのである。もちろん、子供からするとこれはたまったものではないので、できるだけすばやく逃れたいのは当然である。

拭いてやる涙ついでに鼻をかみ　　　不倒人

　　Wiping away the tears,
　　　And incidentally
　　Blowing her nose for her.　　*Futojin*

　子供が泣くと母親は涙をふいてやり、ついでに鼻をかむのまでやってあげる。これをしたことがあるひとには、この川柳の意味がわかるが、そうでなければわからないかもしれない。

かみなりをまねて腹がけやつとさせ　　　古

　　Imitating thunder,
　　　At last she gets
　　His "belly-apron" on.

　「腹がけ」は、胸から腹までをおおう三角形の下着。子供ははしゃいでふざけまわるので、母親は腹がけをちゃんと身に着けているのは無理と思って、雷をまねて「ゴロゴロゴロ。ゴロゴロゴロ。おお、こわい！　腹がけしてないと、雷さんがおへそを取りに来るよ！　早く！」のようないいかたをして、腹がけをさせる口実に使った。

親類が来ると赤子のふたを取　　古

    Relations come

      To see the new-born child,

   And take the lid off.

　親戚縁者が来ると、赤ちゃんの薄手の掛布団を取り、顔を見せてまた一連の動作を、まるで鍋の蓋を持ち上げて中を覗き込むのに見立てた句。

母

子守唄もう悋気などせぬときめ　　映糸
<small>りんき</small>

"The cradle song;
　　She decides
　　Never to be jealous again.　　*Eishi*

夫はまだ帰宅していない。今夜も
また午前様か。縫物をしていると、
眠っている赤ん坊が泣きだす。針仕事の手を休め、
子守唄を歌ってあげる。歌いながら赤ん坊のかわいい顔を見てい
ると、「なぜろくでなしの亭主のことで思いわずらわなきゃなら
ないのか。この子がいるだけでじゅうぶん幸せじゃないのか」と
思ったりするのである。

大丈夫ですかと女房子をはなし　　掬水子

"All right?"
　　And the wife
　　Let the baby go.　　*Kikusuishi*

すこし抱っこしてやりたいという父親に赤
　　　　ん坊を手渡すとき、ふだ
んから母の抱っこしか慣れていないので、母
親は「大丈夫ですか？」と念を押しながら、
大切な宝物をしばしの間だけ預ける。

改札を小さく抱いて通るなり　　椋仙

She passes the ticket barrier,

Holding him in her arms
Very small.   *Ryosen*

子供料金が必要なのに、運賃を払いたくないので、母は子供を
ぎゅうぎゅう抱きかかえ、まんまとうまく改札を通る。

女親柱を打つて瘤を撫で   阿弥丸

The female parent
　　Strikes the post,
While she rubs the bump.   *Amimaru*

日本人の母親のほとんどが、子供が椅子とか
柱にぶつかると、子供よりもぶつかったものが
悪いというかのように、それを叩く習慣がある。

今のかかさんは吉原からと云ひ   古

"My new mama
　　Came from the Yoshiwara,"
He says.

男の子に新しいお母さんができた。お母さん
はどんなひとと聞かれたら、なんのてらいも恥
しさもなく、吉原からやってきたと答える。子
供の無邪気さには同情の念を禁じえないが、
そのほかの感情も入り混じっている。それは、
感嘆、羨望、祝意だったり、運命というもの
までも含まれている。

月の唄母は嬉しく子に疲れ   飴ン坊

The song of the moon;
　　Holding the child,
The mother is glad-weary.   *Amembo*

母は子を抱いて、月の唄を歌う。なんども子は母にその歌をねだる。母は抱き疲れ、それでも母としての幸せをかみしめ、なんとも複雑な気持ちを味わう。

　　眠つたを母は知らない子守唄　　一角

> Not knowing
>> The baby is asleep,
> The mother still keeps up the cradle song.　*Ikkaku*

　母親が赤ん坊を背負って、寝かせつけようと子守唄を歌う。子供はもう眠っているのに気づかず、まるで自分の歌声にうっとりとして歌いつづける。母の子への献身ぶりがうかがえるが、ユーモアが添えられて効果的である。

　　　　稼がねばならぬ背中によく寝入り　　凡柳

> She has to work for her living,
>> The baby on her back
> Sleeping well.　*Bonryu*

　母は、薄明りの下で袋貼りの内職に忙しい。背中の赤ん坊はぐっすり眠って、母の夜鍋のことも外の世知辛い世の中のことも知らず、幸せそうに夢の中にまどろんでいる。かけ離れた悲劇的対照が描き出されて、かすかな苦いユーモアがこの句が感傷に陥ることから救っている。

　　学校へ皆なを出して母の朝　　逸名子

> Getting them all off to school,
>> The morning
> Is the mother's.　*Itsumeishi*

　この句は、詩的な情緒が漂っている。母であり女である世界は、それが夫であれ父であっても、だれにも理解の及ばないところである。女には、たえずやるべき仕事が山のようにあって、息つく間もない。その合間をぬって、自分のためになにかをしようと始めると、その世界は彼女だけのものである。そのとき彼女は世界の中心にひとりすわって、ほかのだれをも寄せつけないのである。

　母親も共にやつれる物思ひ　　古

> Remembering things,
> 　The mother too
> Is getting thin.

　娘がおそらく振られたか、あるいは既婚の場合は、夫に先立たれたかであろう。生真面目で一本気な性格のせいか、かんたんに割り切って忘れることもできず、日に日にやつれていってしまう。母親も、娘ほどには相手のことを思うわけではないが、娘がすわってずっとため息をついてやせ細っていくのを見て、なんともいたたまれなく、心配せずにはおられず、娘と同じ思いを体験することになる。

　　　　いつ声をかけても母は起きてゐる

　　　　　　　　　　　　　　　　不倒人

> Whenever he calls,
> 　His mother
> Is always awake.　　*Futojin*

男の子が夜遅くまで勉強に励んでいる。母に声をかけると、いつも決まって「なにか用？」と返事が戻ってくる。やさしい母の愛は神の愛にもっとも近いものである。

　母親は叱り過して我も泣き　　古

> Scolding to excess,
>> The mother also
> Bursts into tears.

　母が叱りつけると娘は泣きじゃくり、それが度を越したのか、こんどは母のほうが泣き出す始末。

　　粉薬母も一緒に口を開け　　めよみ

> The powder,
>> The mother also
> Opens her mouth. 　*Meyomi*

　これは笑いを誘い深く共感を呼ぶ句であろう。ユーモアが母の愛情と分かち難く結びついている。ひとはひとりでは生きてゆけない。

父

子を持つて近所の犬の名を覚へ　　古

> Having a child,
>> He learns the names
> Of dogs round about.

　子供が生まれる前は、近所の犬にほとんど気に留めたことはなかった。しかし子供が生まれてから、父親は子供と近所を散歩しながら、途中で出会う犬の名前を子供に教えてやる。子供のおかげで、父親の世界も広がったということか。

それからを聞かれて困る鬼が島

　　　　　　　　　　　鉄次郎

> The Ogre's Island;
>> Being at a loss when asked,
>> "....And then?"　　*Tetsujiro*

　父が子に「桃太郎」を語り聞かせ、おわったのでほっとする。ところが、子供はまだ物足りなさそうで、「そのさきは」と聞き返してくる。父としては、「もうおしまい」でだんまりを決めたいわけでもなかったので、なぜここで話が終わるのかをうまく説明したいところだが、そうは問屋がおろしてくれない。

　「鬼ヶ島」は、昔話「桃太郎」の物語の終盤に出てくる、鬼が

すむ島である。桃太郎はおじいさんとおばあさんに育てられ、成人してから鬼ヶ島の鬼をやっつけるため旅立つ。途中、犬・猿・雉を家来にして、勝利をおさめ、多くの財宝をみやげに持ち帰るという、日本でもっとも有名な昔話である。

目のさめた子を女湯へ抱いてくる　　古

> Carrying a baby
>> That has woken up,
> To the women's bath-house.

　母親は赤ん坊を寝かせつけて、銭湯へ出かけた。ところが、赤ん坊が目を覚まして泣き出す。父はできるだけのことはやってはみるが、赤ん坊は泣きやまず、途方に暮れてしまう。そしてもうどうしようもないということで、赤ん坊を抱えて銭湯まで連れてゆき、女房に託す。

手拭を一つ子供と風呂へ行き　　夢路

> Carrying only one towel,
>> Going to the bath house
> With a child.　　*Yumeji*

　子供を銭湯に連れてゆくのは、ふつう母親の役目である。しかしこの川柳では、父親が息子を連れていく。この父親は、ひとの良いやさしいおとうさんにちがいない。なぜなら、子供を銭湯で入浴させるのは、本当に手間のかかることだからである。

肩車親爺の帽を子が被り　　五健

> Riding on his shoulders,
>> The boy

Puts on his father's hat.   *Goken*

　この川柳の親子は、なんとも仲睦まじい。けれども、男の子がお父さんの帽子をかぶるのは、これがいちばん都合のいい選択肢だからで、ふざけようとか笑わせようとかしてではない。それでもお父さんの頭には、わびしさが漂っているのは間違いあるまい。

　　　肩車親爺何にも見えぬなり　　　二の町
　　　　The child on his shoulders,
　　　　　The father
　　　　Can't see anything at all.　　*Ninomachi*

　ひとだかりができて、男の子はなにがあるのか見てみたいので、父親が肩車をしてやる。子供はとても面白がり大いに楽しんでいるらしい。父親にはなにがあったかさっぱり見えなかったが、ともかく子供が喜んでくれたので、それで満足だった。

　　今買った喇叭を吹いて子を起し　　　暑岐
　　　Awakening the child,
　　　　By blowing the toy trumpet
　　　He has just bought.　　*Shoki*

　この句には、どこか禅の覚醒のようなものを感じる。いま眠っているわが子にあげようと思って買ってきた物を、とっさの判断で別の用途に役立たせようとする着想の思いつきも、お酒の酔いがうまく手伝ってくれたのかもしれない。

晩酌の肴大方子に食はれ　　草楽子

The relish taken with the evening drink,
　Almost all eaten
By his children.　　*Sorakushi*

　これは日本的な夕餉の風景である。夕飯時、父親は帰宅してすぐに卓袱台（ちゃぶだい）の前に腰を下ろし、子供たちがまわりを取り囲む。父が子供たちのそれぞれの口に順番に箸でおかずを運んでやると、食事がすむまでには、自分が食べるものはご飯くらいしか残っていない。

　この句は、晩酌の肴という楽しみが目の前にあったのに消えてしまった、なにか具合の悪さと満たされない思いが伝わってくる。

亭主のは節のちがつた子守唄　　源坊

The cradle song
　Of the husband,
Is a bit off.　　*Genbo*

　父が子供をおんぶして、部屋の中を歩き回りながら、調子はずれの子守唄を歌う。しかし不思議なことに、この音痴の濁声（だみごえ）の中に、天使の歌声よりもすばらしい父親の愛が聞こえてくるのである。

泣いた子を父さん母に押付ける　　葉之助

The father
　Forces the crying baby
On the mother.　　*Yonosuke*

　この句は、子供に対する男女の生物学的かつ心理的な反応の違いを、

明確に表現している。やさしさ、限りない愛情、自己犠牲は、父親が赤ん坊を母親に預けて、はじめて子供に与えられるものである。

子をあやしあやし出て行く若い父　　而笑子

Going off
　Fondling his child,
The young father.　*Jishoshi*

父親のやさしさと善良さと同じように、子供っぽさとおちゃめさも見えるようだ。

おしまひに父も乗り出す腕相撲　　逸名子

Arm-wrestling;
　The father
Joins in at last.　*Itsumeishi*

男兄弟が腕相撲をしている。父はそばで笑いながら観戦していた。そしてとうとう「それじゃ、お父さんとやってみよう」といって、身を乗り出す。

「腕相撲」は、肘をテーブルや畳に付けて、たがいの手を握り合い相手の腕を押し倒したほうの勝ちとなる遊戯。

せがまれていろんな顔をして見せる

春雨

Urged on by the child,
　He makes all kinds
Of faces.　*Harusame*

父親が百面相をしてみせると、子供は大喜びする。嬉しい父は、へとへとになるまで、

表情をいろいろと作り変えてみる。

交叉点亭主大きな方を抱き

　　　　　　　　　九起

    At the crossing,

      The father carries

    The bigger one.   *Kuoki*

父母と子供二人が外出して
いる。交叉点にくると、父親
は父と夫としてのやさしさを示そうとして重たい方の子を抱いて、
軽い方は嫁に任せる。

オ丶強い強いと親爺打たれてゐ　　　茶六

  "How strong, how strong you are!"

    Beaten,

  The father rejoices.   *Charoku*

子供が、おもちゃの木刀で父親を叩
いて、「えい！えい！えい！」と叫ん
でいる。父親は痛いながら喜んで歓
声を上げる。「おお、強いなあ！　勇
敢じゃのう！」。

閉め出しを食はせて親爺起きてゐる　　　栗丸

  The father

    Has fastened the door,

  But sits up still.   *Kurimaru*

息子は朝帰りを決め込んだようだ。戻ってく
る気配がない。これを知った父親は、頭にきて
玄関の戸を閉め鍵をかけた。しかし寝ようと

思っても眠れない。息子が戻ってきて、鍵がかかっているのに気づくが戸を叩こうとはしない。父は息子が戸を叩くのを待っているが、戸を開けてやろうという気にはなれない。

双六をも一度負けるお父さん　　不浪人

The father
　　　Loses the backgammon
Once more.　　*Furonin*

　父と子が、バックギャモンに似た双六という遊びを正月にやっている。父が負け、男の子は歓喜に舞い上がり、「もう一回やろう」とはしゃぐ。父は「おまえは賢い！わしは勝てん！」とほめちぎる。

子の寝顔覗いて亭主服を脱ぎ　　よし丸

The master of the house
　　　Gazing at the infant's face
While changing his clothes.

Yoshimaru

　亭主が帰宅すると、まず洋服を脱いで和服に着替える。その合間をぬって、眠っている子の顔をのぞきこむ。着替え終わるまで待てないのだ。

清書に知らぬ字のある親の顔　　古

In the fair copy
　　　There's a character he doesn't
　　　　know, ―
The father's face!

子供が父親に習字の清書を見せると、父はその文字を声に出して読み上げる。突然、読めない字に引っかかると、顔の表情が険しくなる。

　優等を子より自慢の親爺かな　　　仙湖

    At his being first,
        More than the boy himself,
    The father boasts.　　*Senko*

　息子がクラスで首席になった。父親は息子を連れて、だれかれかまわずその自慢をするので、息子のほうは恥しさが先に立って肩身が狭い。

　男親さし上るよりげいがなし　　　維想楼

    The whole of the father's repertoire,
      Is to throw the child
    Up in the air.　　*Isoro*

　父親ができることは、高い高いをして空中に投げ上げてキャッチすることだけだった。これが終わると、彼には子供を喜ばせるほかの方法がないのである。

女房

一言もいはず女房の家になり　　古

> Not saying a word,
>> The house
> Is the wife's.

どういうわけか、妻が家でひとこともしゃべらないと、夫はなにをいったりしたりすればいいのかかいもく見当がつかず、途方に暮れてしまう。自分の家で赤の他人になってしまう。もし夫のほうが無口であれば、事情はまったく異なってくる。妻は鍋をコトコト鳴らして、家の中を平然と動き回っているだろう。

仲直りもとの女房の声になり　　古

> Making it up,
>> The wife's voice
> Changes back to normal.

夫婦が口論の真最中。金切り声のキンキン響く声だった妻が、いまもとのやさしい美声に戻った。

美しさ叱られぶりのいゝ女房　　古

> A gentle wife;
>> Her attitude as she is scolded —
> What beauty!

夫が妻になにかのことでぶつぶつ文句をいっていると、彼女は従順にうなだれたまま聞き入っている。夫は、彼女の献身と謙虚な美しさと善良さに、突然打たれる。この川柳は、反語的で、な

にか悪いことの中に良いことが読み取れるのである。

碁会所と医者とへ迎ひ二人出し　　古

> Sending two people,
>> One to the *go*-house,
> One to the doctor's.

父は、いつも通り碁会所へ碁を打ちに行ってしまった。もしも不具合なことでも起こったりしたら、飛んで帰らねばならない。家族のだれかが病気になると、二人の者が使いに出される［ひとりは医者を呼びにやるため。もうひとりは父を呼びもどすため］。

よい女どこぞか女房きづをつけ　　古

> In the beautiful woman,
>> The wife
> Finds some defect.

男がほかの男をほめそやすときは本心からであろうが、女はそうはいかない。夢中にはなれるだろうが、女は天真爛漫にはなれない。妻はほかの女の魅力を認めはするが、いつも「でも」を付け足す。額が広すぎ、鼻が貧弱すぎ、どこかが「すぎ」と手厳しい。

大著述妻は近所の仕立物　　古

> A great work;
>> The wife
> Takes in the neighbour's sewing.

旦那は文机で、髪はぼさぼさ、浴衣ははだけ、厳しい顔つきで、江湖の喝采を博す世紀の一大傑作を著そうと躍起になっている。その間、女房は近所のひと

たちからもらい受けた内職の針仕事で、糊口を凌ぐ。

　飯焚に百ほどたのむとうふの湯　　古
<ruby>めしたき<rt>めしたき</rt></ruby>

> To the cook she says
>> A hundred times,
> "Don't forget the bean-curd water."

　豆腐の茹で汁は、着物の洗濯にいいと考えられていた。女主人
は下女に、豆腐を茹でた後の湯を捨てないようにと、口を酸っぱ
くしていい続ける。細かいことへのこだわりとこのくりかえしに、
人情の機微がうかがえる。

　添乳して棚に鰯がござりやす　　古
<ruby>そえぢ<rt>そえぢ</rt></ruby>

> Giving the baby the breast,
>> "On the shelf
> You'll find some sprats."

　女房は赤ん坊に添寝して乳を
与えていると、旦那が遅めの帰宅。
妻は夫に、蝿帳〔金網などが張って
ある食べ物を収める戸棚〕に夕食の
鰯がとってあると、さりげなく伝える。赤ん坊がいて、ことに乳
を与えているときは、母の天下である。女ことばの「ござりや
す」は、かつて彼女が「その道の女」〔遊女〕で、おそらく夫にそ
うような応対を一瞬味わせて楽しんで
いるようすが、伝わってくる。

　胸倉の外に女房手を知らず　　古
<ruby>むなぐら<rt>むなぐら</rt></ruby>　<ruby>ほか<rt>ほか</rt></ruby>

> The wife
>> Knows no other way,
> But to seize him by the lapels.

この句は単純明快だが、日本人女性と外国人女性の違いが浮き彫りにされている。日本の女性は怒り心頭に発したときでさえ、せいぜい相手の胸倉をつかむことくらいしかできず、とうてい平手打ちやこぶしで叩くことはできないのである。

里のない女房は井戸でこわがらせ　　古

　　The wife without a parents' home
　　　　Frightens him,
　　At the well.

　夫婦喧嘩が昂じると、妻が里帰りするのが通例である。ところが、この句の妻には帰る故郷がないので、身投げでもしようとするかのように裏の井戸に駆けだしていくので、夫は恐怖のあまり凍りついてしまう。

あの女房すんでにおれが持つところ　　古

　　That wife, ―
　　　　I could have had her,
　　Almost.

　あの子嫁さんにできたのになあ、と男が自慢げにいうが、ガブリエーリ・ダヌンツィオ（1863-1938）のいうように、「真実は情け容赦のない視線を常に投げる」ので、原文の「すんでに」［もうちょっとのところで］はこの文脈で実に効果的である。

売り払う物の中から女房抜き

丸柳

The wife
　　Takes out some things
　　From those to be sold.　*Ganryu*

　ぼろ買いがやってきたので、女房
はがらくたを買い取ってもらおうと運び出す。その品物の重さを
測ってもらっているうちに、彼女はまだ使えそうなものを、一品
そしてまた一品と抜き取る。ひとの欲と吝嗇と瑣末主義に軽くふ
れ、しかも横目で見ているところがいい。

肩越しに火事を見てゐる長襦袢<ruby>長襦袢<rt>ながじゅばん</rt></ruby>　　姫小松

The *nagajuban*, —
　　Looking over his shoulder
　　At the fire.　*Himekomatsu*

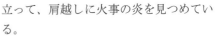

　長襦袢は、日本の女性が着物の下に着る、西
洋でいうとペチコートのような、下着のこと。
緋色でエロティックな印象を与える。真夜中の
就寝中に、火事を告げる半鐘が鳴り響く。立ち
上がって、二人で窓の外の火事をながめる。かなり遠方だと危険
はないが、かなり近いと興奮のるつぼと化す。女は男の背後に
立って、肩越しに火事の炎を見つめてい
る。

理に勝つて女房あへなくくらはされ

古

Winning in reason,
　　The wife was struck,
　　Pitifully.

古い時代の日本では、女性は、特に妻という身分は、隷属的かつ抑圧的な生活を強いられていた。しかし、西洋の女性の立場と比べて、この日本の女性の立場を大げさにいっても的を射ている。

置き所をあらまし女房云つて出る　　古

> Giving him an idea
>> Where all the things are,
> The wife goes out.

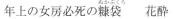

　これは説明は不要であろう。一日に何百万回と起こっていることが、ふだん夫には意識にも上ってこないのである。

年上の女房必死の糠袋（ぬかぶくろ）　　花酔

> The wife older than her husband,
>> Desperately
> Uses the bran-bag.　*Kasui*

　この句は、痛々しさがひりひりと伝わってくる。時の歯車を逆に回転させ、衰えていく美を取り戻そうと一所懸命になっている年上女房のもくろみは、あまりにも哀れで、手段もあまりにもありきたりである。昔は、「糠袋」が美人を作る日用品として用いられていた。

蟇口（がまぐち）へ女房幾らか入れて呉れ　　詩廓

> The wife
>> Kindly
> Puts some money in my purse.　*Shiro*

　夫が外出しようとしている。妻は旦那の財

布をのぞくと、ほとんどお金がないのに気づく。自分の財布から
お金を出して夫の財布に入れる。日本人の男性の多くは、特に教
師などは、給料すべて妻に渡す。

先妻は地震で死んで若返り　　　剣花坊

The first wife
　Dying in the earthquake,
He became younger.　　*Kenkabo*

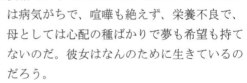

先妻が地震で亡くなって、若い女性と再婚
をしたせいか、若さを取り戻したように見え
る。新しい若い妻といっしょにいるところを
見られると、亡くなった老いた先妻といると
きよりも、ずっと若々しく見えるという人生の皮肉。

所帯苦の外に色気も恋もなし　　　詩廓
〔しょたいく〕〔ほか〕

Neither love,
　Nor lust,
Only domestic cares.　　*Shiro*

子だくさんの妻の貧しい生活ぶりが浮かんでくる。ささやかな
喜びが性生活以外に見つからないというのも索漠としている。夫
とのかつてはあった愛情も、すでに失くなって久しい。子供たち
は病気がちで、喧嘩も絶えず、栄養不良で、
母としては心配の種ばかりで夢も希望も持て
ないのだ。彼女はなんのために生きているの
だろう。

たゞ散歩だけが女房気に入らず　　　貴山

Just going for a walk
　Does not please

A wife. *Kizan*

女性は買い物をしたり、だれかに会いに行くために歩くのが好きなのである。

だろうといふに嫁いゝえいゝえ　　古

"....aren't you?"

"No, oh no!"

Says the young wife.

新婚ほやほやの若妻が、「おめでた？」と男性に聞かれると、恥ずかしそうにそれを打ち消す。

洗濯に嫁長刀(なぎなた)の身ごしらへ　　古

The housewife,

Hanging up the washing,

Prepares for halberd practice.

日本では、物干しには綱でなく竹竿を用い、木の支柱で竿の両端部を支える。竿を支柱にかけるときの動作が、袖をたすき掛けしているせいか、長刀を上段に構える動きに似ている。

花嫁の土産は里へ活如来(かつにょらい)　　古

The young bride's present

To her parents' home,

A living *Nyorai*.

若い花嫁が、生まれたての赤ちゃんを両親の元へ連れて帰る。両親は満面の笑みをたたえて迎え入れる。初孫は、まさに生き仏であり、どんなものにも負けない最強の宝物である。

亭主

針箱へ亭主の足の爪が飛び　　剣花坊

The husband's toe-nail

Jumps

Into the sewing box.　*Kenkabo*

女房が縫物をしている
そばにすわっていた亭主
は、縫物用のはさみを見
つける。すぐさまそれで
爪を切り始める。というのも、女房が大切にしているはさみを爪
切りに使ったら、怒り狂うのがわかっていたからである。そのと
き爪が飛んで行って針箱に入ると、のっぴきならない事態に陥る。

女房をこわがる奴は金が出来　　古

The chap

Who's afraid of his wife,

Makes a lot of money.

女房の尻に敷かれた亭主は、遊郭
へも行けず、妾を囲うなんてもって
のほか、賭け事にも手が出せず、た
だただ馬車馬のように働くことだけしか残されていない。それで
お金が溜まっていく。

町内で知らぬは亭主ばかりなり　　古

All the town

Knows about it,
Except the husband.

　このような知らぬふりを通すのは、自己欺瞞であるのは間違いない。しかし、無意識のうちに、われわれは真実を恐れて、できるだけ長く隠し通せるものなら、隠しておいていたいというのがわれわれの本性なのではあるまいか。

帯しめるそばに頬杖ついて待ち　　那岐坊

　　Waiting by her,
　　　　As she ties her sash,
　　Holding his chin.　*Nakibo*

　亭主が女房の着付けで待たされる。これは世界のいたるところで毎日目にする光景ではなかろうか。亭主は辛抱強く、もはやあきらめ顔で、頬杖をついて待つのは愛嬌がある。逆に、もし女房のほうが待たされるなら、亭主のほうをなんとか手伝ってやろうとする。

目についた女房このごろ鼻につき

　　　　　　　　　　　　　古

　　Recently
　　　　He turns up his nose
　　At the wife that struck his eye.

　この句の良さは、「目」と「鼻」の取り合わせの妙である。かつては自分の「目」を喜ばせてくれたものが、いまや「鼻」もちならないものに変わりはててしまう。

亭主　　107

共に出る亭主鏡へ声をかけ　　　星紅

They are going out together;
The husband
Speaks to the mirror.　*Seiko*

　いっしょに出かけようとすると、いつも決まって女房が準備に手間取り遅れがちとなる。鏡台の前にすわっている女房の鏡に映った姿に向かって、いやみな文句をいう。

糸巻きの向ふに亭主踊つてる　　　古

The husband is dancing
Before
The thread-winder.

　女房が糸を巻き取っている前で、まるで踊りの動きをまねるかのように、亭主が両手にかけた糸の輪をぎこちなく右へ左へと操っている。

伸び上る欠伸電気をたのまれる　　　仙之助

Stretching and yawning,
He was asked
To put on the light.　*Sennosuke*

　亭主が立ち上がって伸びをしていると、すかさず女房が「あなた、そのまま。暗くなったから電気つけて」。

たまつきへ妻の安産知らせて来　　　蘭路

Coming and telling
The billiard player
His wife had a safe delivery.　*Ranji*

この句の対比は、ウィリアム・ホガース
の風刺版画の一枚のようである。亭主
はくわえタバコに火をつけて、玉突き
で高得点を出していた。片や、女房は
難産の末、子を授かったが、顔色は
真っ青で、疲労困憊だった。

寝かす子を亭主あやして叱られる

古

Scolded,
　　For playing with the child
　　Being lulled to sleep.

いまにも寝入りそうな赤ん坊を、女房が
おんぶして寝かせつけようとしている。そのとき、亭主は無邪気
に話しかけ遊んでやろうとするが、女房はぴしゃりとやめさせる。

大声で泣くと亭主の負になり　　梅坊

Crying
　　At the top of her voice,
　　The husband loses.　　*Umebo*

夫婦喧嘩が始まり、女房はヒステリッ
クに怒鳴り散らし泣き出すと、亭主はと
りもなおさず隣近所と自分の評判のことを心配しだす。他人にな
りふりかまわぬ者が、いつも勝利を収める。

女房を叱り過して飯を焚き　　古

Having grumbled at his wife
　　Too much,
　　He lights the cooking stove.

　叱り過ぎないようにする、つまりある限界を越えないようにするのは、本当に難しい。この句では、亭主が言い過ぎたせいで、妻は泣いて引き込んでしまう。あとは自業自得で、亭主が自分で夕飯の支度をしなくてはならない。

姑

手間取つた髪を姑じろじろ見　　古

> The hair-dressing
>> Takes a long time,
>> The mother-in-law eyeing it narrowly.

おそらく、これは年季の入ったプロの目から見たある種の嫉妬心とまだ慣れない技術を熱心に身に着けようとする者を温かく見守ろうとする人間の本能とが、入り混じっている。

あんまよりうまいうまいと姑褒め　　芥子郎

> "Much better than the masseur,
>> Much better!"
> Praises the mother-in-law.　　*Keshiro*

肩もみをしてくれる嫁に、誠実に感謝する姑の類まれな態度に、この句の美点がある。姑が、これほど心身ともに気持ちよくリラックスできて、嫁への嫉妬も悪意もすべて忘れて、惜しみなくほめちぎる姿は、あっぱれというしかない。

口に称名眼には嫁をねめ　　古

> In her mouth,
>> The name of Buddha, —
> Her eyes glaring at her daughter-in-law.

　日本の姑は、特別に嫌がられる存在
である。なぜなら、息子の嫁とは同性
ゆえのライバルであり、嫁が家事いっ
さいをするので、自分のすることがな
くなったからである。年を取るにつれ
て、自分に残された生きがいは、ただ
仏さまを拝むのと嫁いびりをすることで、よくある善行と悪行の
それでも不思議な取り合わせなのである。

　数珠さらさらと押し揉んで叱言なり　　　古

> Rubbing and rustling
> 　　The rosary,
> And scolding.

　この句も前の句と同じような内容で
ある。「数珠さらさらと押し揉んで」
は、謡曲「船弁慶」の有名なくだりを
典拠にしている。

　姑の屁をひつたので気がほどけ　　　古

> The mother-in-law breaks wind,
> 　　And the feeling
> Is relaxed.

　姑が嫁に難癖をつけている。嫁の夫は、板挟みでなにもいえず、
状況が悪くならないことを願うしかなかった。沈黙が流れた後、
姑が咳をしたかなにかで、おならをしてしまう。姑は照れ隠しに
笑い、嫁も忍び笑いで、座の空気が和む。めでたし、めでたし。

そのほかの間柄

失恋のまゝを孝行世帯染み　　光郎

　　Disappointed in love, ―
　　　　She is domesticated,
　　A dutiful daughter.　　*Mitsuro*

　これは気立てのいい娘さんである。しっ
かり者で目標があるにちがいない。彼女の
献身・忠義・誠実は、一度は挫折を味わっ
て空振りしたかもしれないが、いまは親孝行の所帯の切り盛りを
することに生きがいを見つけ出す。

持参金嫁なけなしの鼻にかけ　　古

　　The bride
　　　　Hangs her dowry
　　On what nose she has.

　花嫁はとりたてていうほどの美人で
はない。横から鼻が見えないくらい鼻
ぺちゃである。しかし彼女は新郎に自分の持参金を自慢する。自
慢することを、日本語の慣用句で「鼻にかける」というが、彼女
は鼻が低いのでかからないのが、この句の滑稽味を醸し出してい
る。

移り香を胸にたゝんで嫁しまひ　　古

　　The bride puts them away,
　　　　Folding in her breast

The lingering scent.

　昨夜、主人は家に帰ってこなかった。朝になって戻り、あれこれいいわけをして、着物を脱ぎ普段着に着替える。若妻は服をたたんで片付けようとするが、白粉か香のかすかな匂いに気づく。しかし彼女は、大声を上げるでもひどく腹を立てるでもなく、従順でやさしい昔の日本の嫁らしく、そっと「心にその香りをたたむ」ように片付けるのである。

　　天下はれて水争ひにかゝはらず　　夢一仏

　　　Being newly-married before all the world,
　　　　　They are unconcerned
　　　About the quarrels over water.　　*Muichibutsu*

　米作地帯では、みんな水と灌漑の話題でもちきりである。ところが、この新婚夫婦は、まったくそのことには無関心で、もっぱら自分たちのささやかな桃源郷の中だけに生きている。

　　　　　花嫁が露程なめる蝶の酒　　古

　　　　　The bride
　　　　　　　Sips about a dewdrop
　　　　　Of the butterfly wine.

　子供二人が、「雄蝶」と「雌蝶」の役になって、婚礼の席で銚子から酒を注いでくれる。このため、そのお酒を「蝶の酒」と呼ぶ。花嫁はお酒をごくりとは飲まず、舌を湿らす程度である。蝶が蜜を吸うみたいに。この句は、どことなくアレクサンダー・ポープ（1688-1744）の『髪盗人』を連想させる。

よくゆへば悪くいわれる後家の髪　　古

> When she dresses it well,
> 　　She is spoken ill of, ―
> The widow's hair.

　これは、寡婦が経験する多くの試練と苦
難のひとつである。髪をとても上手に結っておめかし
して出かけでもすると、次のいいひとをさがしにいく
のねと噂される。

後家の質男物から置き初め　　古

> The widow's pawning;
> 　　She begins
> With the man's things.

　この句にほとんど意味はな
いが、この「なにもない」の
がどういうわけか興味深い。
質屋に行って、取り出すのは
いうまでもなく彼女にはもう
必要のないものである。これ
にはお金の計算がつきもので
あり、そして物にはそのひとのわがままと虚栄心が宿っている。

死にたくば死になと娘むごく出る　　古

> "If you want to die, die!"
> 　　The daughter says,
> Cruelly.

　これは、モラリストが都合よく忘れてしまっ
ているもの、すなわち人間が生まれながら持っ
ている強情さである。老母が娘の薄情な反応に

嫌気がさして、「ああ死んだほうがましだわ」という。娘も、それを真に受けて、「お母さんがそうしたいなら、死んだらいいんじゃない」とすげなくいい放つ。

金のある内は駈落よく笑ひ　　桃太郎

    The elopers
      Laugh and laugh,
    While they still have money.　　*Momotaro*

これはすべてのひとに当てはまるのだが、それでも駆け落ちのカップルには特に、金の切れ目が縁の切れ目となるのは、目に見えている。

許婚の下駄と知りつゝ靴を脱ぎ　　小太郎

    Knowing it is his fiancée's
      Geta,
    Taking off his shoes.　　*Kotaro*

おそらく、許婚本人より彼女のはいている下駄のほうがほっこりするという風刺的視線が、この川柳作者のもくろみかもしれない。

母さんは死んだときかす離縁状　　臥亀坊

    The bill of divorce;
      He tells him,
    "Your mother died."　　*Gakibo*

男は妻と離婚し、息子に母がなぜ帰ってこないのかと問い詰められると、母は死んだと答える。取り繕った嘘は複雑である。問い詰められるといらいらするし、子供は不憫だし、元女房への未練も引きずったまま、再

婚相手にも不安はつきまとう。思考はいつもそこで停止してしまうが、心の中にずっと居すわりつづける。

出戻りの仕様のないを一人連　　破久扇

> The divorcee
> 　　Brought home
> One that couldn't be helped.　　*Hakusen*

離婚して出戻りとなった女は、どう「仕様のない」子をひとり連れて実家に戻った。この「しょうがない」という意味のことばが、この子が「いたずら」で、まわりにも迷惑をかけるばかりで、出戻りという弱みがある自分にとっても、さらに目の上のたん瘤の厄介者として映る子が、なんともかわいそうである。

出されたを出てきたにする里の母

古

> The wife was sent away;
> 　　But her mother
> Makes out she just left.

この句の良い点は、簡潔さにある。離縁されたにもかかわらず、実家の母は、元亭主が役立たず、ぐうたら、能なし、出世の望みもなしということで、娘のほうから離婚して戻ってきたということにした。そうしないとご近所のてまえもあった。

出戻りの少しはいける口になり　　たゞ夫

> The divorced woman
> 　　Is now able
> To drink a little.　　*Tadao*

結婚しているときは、少量のお酒も飲みたいと思ったことはなかった。ところがいまは少し飲めるようになった。人生には、失うものとその代わりに得られるものが必ずある。

　　おかしさは夫婦喧嘩に狆（ちん）が吠え　　　古

　　　The lap-dog barks
　　　　At the matrimonial quarrel, ─
　　　How funny it is!

　夫婦喧嘩で大声を張り上げているとき、犬もいっしょに仲間に加わって吠え出すと、われわれには三匹の犬が吠えているように思えてくる。人間のことばもひとつの吠える方法で、ことばは特別な意味を持たない。狆は中国からの品種の小型犬で、江戸時代に盛んに飼育された。顔が平たくしゃくれ、目が大きい。

　　　　　　　二三丁出てから夫婦つれになり　　　古

　　　　　Husband and wife
　　　　　　Come together,
　　　　After they have walked two or three blocks.

　古い時代の日本では、夫婦がいっしょに通りを歩くことは決してなかった。夫婦がどこかへ行こうとするときは、おたがい別々に家を出て、通りをはるか下ったところで合流するというあんばいだった。

　　人参に親の秤（はかり）の欲がはね　　　古

　　　The ginseng
　　　　Was increased,
　　　From parental love.

　医者は両親に、子供に人参（薬用の朝鮮人参）をたっぷり毎日

与えるよう指示した。両親は子供が良くなるようにと思って、人参は大変高価なものだが、医者の処方箋よりも多めに親の愛情ぶんもたっぷり上乗せして買って、煎じて飲ませた。

子が出来て川の字形に寝る夫婦　　古

> Having a child,
>> The couple sleep
> Looking like the character for "river."

「川」という漢字は、子供を真ん中にはさんで、父と母が両側に並んで眠る、家族を体現する愛のかたちである。

人雪崩れ子が居ますよと必死なり　　楼月

> A rush of people, ―
>> "Mind, there's a child here!"
> They scream frantically.　*Rogetsu*

両親は子供の安全が不安でしかない。狂乱と熱狂に包まれた群衆のヒステリー状態の中にいたら、これはまさに正しい判断で、わが子への警戒を強めるのは自然な反応である。

仲直り初手に笑ふは恥のやう　　古

> Making up a quarrel,
>> Apparently ashamed
> To be the first to smile.

夫婦喧嘩の真最中に、第三者が夫婦喧嘩は犬も食わないからやめたほうがいいと間に入ってくれた。夫婦とも仲直りしたいと思っていたが、どちらも先にいいだすのをためらっていた。なぜなら、それは負けを認めるのと自分の方に非があることも認める

ことになるからである。

このあばた見つけなんだと仲の良さ　　古

"I didn't see this pock-mark
Before!"
They get on well together.

新婚ほやほやの夫婦が向かい合って、四方山話に花を咲かせている。突然、亭主が、女房の顔にいままで気づかなかった小さなあばたを見つける。「おまえの化粧が濃かったからかね？」。「とんでもない。あなたの目が悪いのよ！」。二人はまだお熱い仲である。

姉婿とゆっくり話す姉の留守　　粋多楼

Talking at ease
With her brother-in-law,
Her sister being out.　*Suitaro*

姉が家にいるときは、妹は義兄と気軽に話したりできない。いつも姉に監視されている気がするからだ。嫉妬心とは醜い怪物で、いろんなところでその頭をもたげてくる。そうしてもっとも無邪気な（それとも罪のない）人間関係をも台無しにしてしまう。姉が外出したら、妹はなんたる変わりようだろう。ひとが変わったかのように、義兄と立て板に水で話はじめる。

口止めをして弟をいい子にし　　張六

Closing the younger brother's mouth
Makes him

A good boy.　　*Choroku*

ひょっこり幼い弟がやってきて、情夫といるところを見られて
しまう。「このことはだれにもいっちゃだめよ。いい子だからね。
そう、いい子だね。」というお決まりのせりふとなる。

喧嘩かと思へば車押してくる　　　古

> It sounded like a quarrel, —
> 　　But they come
> 　Pushing a cart.

だれかにむかって大声で叫
んでいるのが聞こえ、喧嘩で
もしているのかと思えば、そ
の姿がだんだん見えてきて、「えんやらやっと！どっこいしょ！」
「待った！止まれ！」「いや、その調子。もう片方を押しな！」
「なんとも重たい！」のやりとり。重い荷車が坂を通っていると
ころだった。

もう一度入歯をとれと孫ねだり　　　春雨

> “Do take out your teeth
> 　　Once more!”
> Begs the grandchild.　　*Harusame*

『ソロモン王の洞窟』（1885）を思い出さ
れるひとがいるかもしれない。つまり、身
体のある部分を外したりもとに戻したりで
きるというのは、子供にとっても（未開人にとっ
ても）驚異の的である。この句の子供は、入歯が取
り出されるときのおじいちゃん（おばあちゃん）の
顔が、ことに興味深いのだろう。きっと人間ばなれして見えるか
らだろう。

秋冷に未だ残暑で居候　　古

> Autumn cold;
>> Lingering summer heat
> For the *isoro*.

　原文の最後の「居候」は、動詞「あります」と名詞「他人の家に寄食する人」の二つの意味が内包されている掛詞である。もう晩秋が訪れている。驚いたことに、桐の葉が落ちるが、衣替えの温かい服がないので、まだ残暑のころから着たきりすずめの夏の浴衣で辛抱するしかないのである。

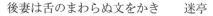

後妻は舌のまわらぬ文をかき　　迷亭

> The second wife
>> Writes an awkward
> Letter.　　*Meitei*

　　亭主は再婚することになった。このたびは見合いではなく惚れた相手ができたからだった。
　　派手な美貌の女だったが、教養と品格に欠けていた。彼女が筆を執ると、「舌のまわらぬ」、たどたどしい、粗野でぎこちない文しか書けないのである。

向ふから硯を遣ふかゝりうど　　古

> The dependent
>> Turns round the ink-stone,
> And uses it.

　この句の単純なしぐさに、哀れさが凝縮されている。「かゝりうど」〔居候〕が、手紙を書きたいので、主人の文机のところに行く。しかし主人の座布団にすわるわけにはいかないので、その向かいの畳の上にすわって、墨をするため自分の方に硯の向きを変

える。

独り者蚊帳をまるめて仕舞ふなり　　古

The bachelor
　　Rolls up the mosquito net
And puts it away.

蚊帳を片付けるのは、夏場とはいえ毎日のこ
とだから、たいへんな作業である。たとえてみ
ると、三次元の地球を二次元の地図に変身させ
るようなもの。それでも独身者は、ぞんざいに折りたたみ押し入
れに突っ込む。

掛人寝言にいふが本の事　　古

The parasite
　　Only tells the truth,
When he talks in his sleep.

150年前［本書が出版された1949年から数えてなので、1800年頃のこ
と］のこの句の居候のつらい心情は、ずっと変わらない普遍性を
持っている。

一人もの本気になつて蚊を殺し　　三太郎

The bachelor
　　Kills the mosquitoes
In earnest.　　*Santaro*

独身男が夕方ひとり本を読んでいる。楽しい
気分にひたれないのも、蚊が出てきて刺される
時分だからだろう。これはのっぴきならない状況で、刺されたら
痒いし腫れは引かないし、泣面に蜂とはこのことである。この世
知辛い世の中で、独り者は孤軍奮闘の復讐戦を試みる。

美しい荷物に馬のかほ長し　　　春雨

With the beautiful burden on his back,
　　The horse's face
　　Is long and tender.　　*Harusame*

　若くて魅力的な女性といっしょだと、男の顔は伸びてしまりがなくなる。つっけんどんな態度とはまるっきり正反対である。こうして、お供の馬も顔は生まれつき馬面（うまづら）だが、美しい花嫁が背中に乗ると、長い顔がよけいにだらりと長くなったように見える。

職業

鍋いかけすてつぺんからたばこにし　　古

> The tinker
>> Has a smoke
> First.

　この句は、むかしはそうだった、鋳掛屋［鍋や釜など金物のこわ
れた部分を修理する商売人］の余裕のある仕事ぶりを伝えている。こ
の職人には、すべての下準備が良い仕事をするには欠かせないと
いう風格があり、仕事をすぐに開始しようとしているかと思うと、
まず短めのキセルで煙草を二、三服くゆらせるのである。

万歳に下女ありつたけ笑ふ也　　古

> The servant
>> Laughs at the *manzai,*
> For all she is worth.

　「ありつたけ」といういい回しは、「心の底から」という意味で、
新年を祝う歌舞である万歳に、思い切り笑いころげることになる。
この川柳は、一人前の人間として扱ってもらえない、下女という
身分の空虚で浅薄な実像をあぶりだしている。彼女のユーモアは
粗雑で卑俗かもしれないが、ダンテ（1265-1321）が描くような
卑屈な魂の一例といえよう。

犯人をオモチヤの様な刑事室　　加茂女

> In the detectives' room,
>> Treating the offender

Like a play-thing.　*Kamojo*

　この川柳は、典型的な戦前の日本の特高
［特別高等警察］の姿である。彼らは科学的
で血も涙もないのではなく、子供じみたと
ころがあって、愚弄したり、傲慢だったり、
容疑者を馬鹿で幼稚な、なんの価値もない、
おもちゃ同然の犯罪人として扱った。

世を捨て名所を拾ひ頭陀袋　　古

　　The wallet,

　　　　Throwing away the world,

　　Picking up the beauty-spots.

　この句は、世を捨て俳諧の旅に出ることをからかいながら、旅
の名所を選んでそこは歩いてみるという、矛盾した旅のすすめで
ある。頭陀袋［物乞いをして旅をする僧が経巻・僧具・布施物などを入れ
て首にかける袋］は、ここでは擬人化され、そういう乞食僧そのも
のを示している。

宙を飛ぶ駕かき腕に雲に龍　　古

　　The palanquin bearers,

　　　　Flying in the air,

　　Have clouds and dragons on their arms.

　駕籠かきは、ふつう背中と腕に入れ墨をし
ていた。軽快さと敏速さが自分の売り物とい
うことで、縁起をかついで、龍と雲の刺青を
彫っていた。迷信を素直に受け入れるの
は、それだけ人情に篤いということかも
しれない。

田楽を持つて馬方しかりに出　　古

    Holding the *dengaku* in his hand,
      The pack-horse driver
      Comes out to scold the horse.

　田楽とは、田楽豆腐の短縮形で、豆
腐を長方形に切って串にさし、味噌を
塗って火であぶった料理。屋台に入っ
た馬方〔駄馬で客や荷物の運送を業とする
者〕が戻ってくるのを、馬が待ちわび
て、しきりに地面をかき、食べてはい
けないものを食べたり、人が近づいて
くれば迷惑をかけたりする。馬方が片手に田楽をもって店から出
てきて、馬を見て叱りつける。日本の古き良き時代の道端の光景
である。

渡し守一棹もどす知つた人　　古

    The ferryman
      Backs a stroke;
      He knows him.

　ふつう渡し守が岸を離れてし
まうと、舟が岸に戻ってくること
はないが、渡し守の知り合いの声で
乗せてくれというのが聞こえたら、渡
し守は竿に全力を込めて舟を逆戻りさせ、
その友人を乗せてやった。

紐引いてからが車掌の捨言葉　　蚊象

    Pulling the cord,
      The conductor

Let's go a Parthian shaft. *Bunzo*

満員電車に乗り込もうとする客の男が
いたが、車掌がドアを閉め電車を走らせ
ようとする。乗せてもらえない男が車掌
に悪態をつくと、車掌が「この次おれの
電車に乗りたいのなら、顔を洗って出直
してこい」と捨て台詞。

改札へ係ゆるゆるやつて来る　　十五夜

The ticket inspector
　　Comes to the wicket
Slowly. *Jugoya*

多くのひとが並んで待っている。予定時刻に
なって、切符売り場の係の者が、ほとんどひと
を愚弄するかのように、わざとゆっくりやって
くる。ことばで表現するよりもっと明らかに、
彼の態度は、切符を買うひとびとの心身ともの
疲れにも、切符が手に入るかどうかの心配にも、
まったく意に介さないその冷淡さである。

首ばかり舞台において湯にはいり　　　古

Leaving only his head
　　On the stage,
He gets in the bath.

首を切り落とされた役者が、自分の舞
台がはねたので、汗を流そうと一風呂浴
びていた。もうひとつの首は舞台に置い
てきたまま、湯船から首だけ出して浸かっている。観客はまだ興
奮冷めやらぬようすで、涙を流しては芝居に夢中になっている。

この句には、芸術と現実の対照が描き出されている。

旅芝居庄屋の娘ぶらつかせ　　古

> The travelling theatre
> > Made the daughter of the village headman
> Love-sick.

村の若い娘たちが、都からやってきた旅芝居の
役者たちを目にすると、村の若者たちがなんとも
田舎者に見えてしまう。そして娘たちは、この元
気溌剌な若者に恋をしてしまう。なかでも村の庄
屋の娘は、恋の痛みが尋常ではなく、役者が行ってしまったあと
も、この恋煩いからは立ち直れそうもない。

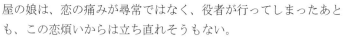

清姫をどこでまかうか旅役者　　当百

> The strolling player:
> > "This Kiyohime, —
> Where shall I give her the slip?"　　*Tohyaku*

ある村にやってきた旅役者が村娘と好い仲にな
る。役者が困り果てたことに、娘は村を出て、自分の
行く先々まで追いかけてくるようになった。この旅役
者は、自分の正直な気持ちを表すのに、歌舞伎の演目
のひとつ『娘道成寺』の女主人公にちなんで、この村
娘に「清姫」と呼びかけている。この演目で、美男子の若い僧で
ある安珍が、村の庄屋に投宿させてもらった際、庄屋の娘の清姫
はその僧に一目ぼれしてしまう。ところが僧はその娘から逃げ出
すのだが、娘は追いかけながら一匹の大蛇に変身する。そして僧
は道成寺の鐘の中に身を隠して難を逃れようとするが、大蛇はそ
の鐘に体を巻きつけて、恋の恨みの炎で僧を焼き殺してしまう、
という安珍・清姫の伝説に基づいている。

楽屋のばくち鎌倉の諸大名　　古

The gambling of the green room,
　　By the *daimyos*
　Of Kamakura.

『仮名手本忠臣蔵』の歌舞伎に、鎌
倉の諸大名が登場する。彼らの役所<rt>やくどころ</rt>は、芝居の中ではまったく
もって脇役にすぎず、じっと座っているだけのお飾りで、場面つ
なぎにすぎない。楽屋で、大名の立派な衣装を着たまま、座り込
んで賭け事に興じている。美しい衣装で美しい心は作れないもの
［英語圏の諺「美服は立派な人をつくる」をもじったもの］。

暫<rt>しばらく</rt>の声なかりせば非業の死　　古

If there were no voice
　　"Wait!" —
　An untimely end.

歌舞伎の芝居には、たとえば、忠臣の侍が
まさに切腹を敢行しようとしているところ
に、「あいや待たれい！」という声が響きわ
たる。そして切腹を制するため、達文<rt>たっしぶみ</rt>かなに
かを持って現れる。

生死流転<rt>せいしるてん</rt>にひまのない安役者　　古

The utility man,
　　Not a moment's rest,
　Living and dying and transmigrating.

端役<rt>はやく</rt>は、ある意味、カメレオンのよう
に変身できる、なんでもこなせる役者
でなければならない。たとえば、
按摩<rt>あんま</rt>、旅人、皇子、盗人はもとより、

休む間もなく死んだり生き返ったりする。

意勢よく出て出前持名を忘れ　　　呑気坊

　　Going off in high spirits,
　　　　The delivery boy
　　Forgets the place.　　*Nonkibo*

　これは「おごる平家は久しからず」という諺の微妙な変種ともいえそうである。出前持ちの男の子が、店から勢いよく飛び出して、行く先をしっかり確認するのを忘れていたらしく、配達先の名前がわからずじまいというありさま。

追はぎの案山子まではぐ秋時雨　　　古

　　The robber,
　　　　He robs even the scarecrow,
　　In the autumn shower.

　田んぼの畦道を歩いていると、突然の雨が降り出す。あたりは黄金色の稲の海が広がっているが、どこにも雨宿りする場所はない。追剥は、あたりを見回すと案山子が目に留まる。すぐさまその麦藁帽子と服をいただく。「追はぎ」とは「往来の人を追いかけ金品をはぎ取る」という意味から来ている。案山子までも、衣類を「はぎ取られる」ところにユーモアがある。

つめられぬようにと禿願をかけ　　　古

　　The *kamuro*
　　　　Offers up a prayer: ―
　　Not to be pinched!

　ここでの現実主義は、若さと不道徳、ユーモアと悲哀の間の完璧なバランスをいとも簡単に達成している。「禿」［太夫・天神などの上級の遊女に使われる十歳前後の見習いの少女］は、まだ見習いの少

女なので、旦那から所望されるまでには至らないが、給仕として仕える先輩遊女につねられないよう、そのことばかり心配している。

色をするつらかと遣手縄をかけ　　古

"So you're pretty enough to get an *iro,* eh?"

Says the *Yarite,*

Binding her with a rope.

　「色」とは、遊女の情人のこと。遊女のほうが入れこんで、その男からはお金を取らずに寝る。「遣手」［遊女の監督や営業の差配をする、欲深い意地悪な老女］は、その遊女の罪に対し、縄で縛って折檻する。

習ふよりすてる姿に骨を折り　　古

More than learning it,

Getting rid of that appearance

Takes time and trouble.

　これは一般的な諺のような句であるが、文字通りの意味は、吉原の芸と技、そして礼儀作法を長年苦労して身につけた女は、その後、身につけた以上にそれを捨て去るのがもっと難しいことに気づく。

りよう治場で聞けば此頃おれに化け　　古

Hearing it in the consultation room,

"Recently, he disguised himself

As me!"

　診療所で医者が、ある僧［僧侶が女性と接するのは犯罪であったため］が医者に変装して吉原へ出かけているという話を、聞いてい

るところである。男は、もろもろの理由からか、息まいてしどろもどろとなっている。当時は、僧侶が医者の恰好をしてそんな悪所に行くのが恒例であった。

呼び売りの鈴で都会の日は暮れる　　尺一

> When the bell of the hawker,
> > The city day
> Closes.　　*Shakuichi*

この句には、どこかもの悲しい俳句的な情緒が充満している。

指のない尼を笑へば笑ふのみ　　古

> Smiling at the nun
> > With no little finger;
> She just smiles.

この尼はかつて遊女で、男に永遠の誓いを立てるしるしに小指を切り落とした。その後、仏門に入った。だれか（おそらく男性）が、彼女の小指がないのに気づき、彼女の昔と今の人生の移り変わりに思いをはせて、つい微笑みがこぼれる。すると彼女も笑みを返すが、なにもいうことがないので無言のままである。両人の隠れた人生から生じる、おたがいの微笑みに、すべてが語られている。

きぬぎぬのあとは身になる一と寝入り　　古

> After the parting of lovers,
> > She has a nap,
> Alone.

現実主義はしばしば日常生活の不快な事実への集中を意味するが、これは川柳に対しては当てはまらない。川柳は、嫌悪感も願

望も空の状態であることを意味しようとする。上記の句で、女が
ひとり寝ているのが見える。これこそ川柳のさびしさであり、人
間存在の根源的な孤独である。ナサニエル・ホーソン（1804-
64）の短編「デイヴィッド・スワン」でいっているように、それ
は人間の眠っているのを見るときのわれわれの畏敬の念である。

　　知るを知るとせず問はれて知りんせん　　　古

　　　　Being asked if she knows,

　　　　　　Not acknowledging she knows,

　　　　"I don't know."

　「知りんせん」［知りません］ということばは、吉原の遊女が使っ
た。このような女性の多くは、一般の男性よりも教養とたしなみ
を身につけていた。しかし、男からすると、自分よりも教養のあ
る女は好きになれないのが人情なので、たとえば「その掛軸だれ
の絵やろう？」ときかれたら、自分の教養を隠して、「知りんせ
ん」というのであった。

　　手拭_{てぬぐい}ではたいてぜげんこしをかけ　　　古

　　　　The pander

　　　　　　Dusts it with his towel,

　　　　And sits down.

　　自分かわが子を遊女にしようとする女は、極貧にあえいでいて、
荒屋_{あばらや}は塵と埃にまみれていた。女衒_{ぜげん}［女を遊女屋・旅籠屋などに売る
ことを業とした者］が女と交渉するのに、腰を下ろす前に手ぬぐい
で埃をはたく。ここで、女に同情や感傷を示すことなく、かと
いって鈍感で人情のない態度は見せない。この女衒は、川柳には
欠かせない典型的な人物である。

昼の顔番頭色師とはみえず　　古

The clerk's day-time face, —
　　No sign
He is a libertine.

　夜は吉原通いにいそしんでいる
が、昼は厳めしい顔つきで、手代
や丁稚を叱り飛ばす番頭で、西洋
ならソクラテスの哲人の美徳とヨ
セフの高潔さを兼ね備えていると自分で思い込んでいるタイプ
の人物である。

日本語で問はれ改札ホツトする　　吐潮

Asked in Japanese,
　　The ticket-collector
Is relieved.　　*Tocho*

　　駅の改札係が、外国人が自分の方に向
かってくるのが目に入り、乗客の切符に
はさみを入れながら、不安が胸をよぎっ
た。そしてその外国人が流暢な日本語で
話しかけてくれるときほど、ほっと安堵のため息をもらす瞬間は
ほかにない。

お後のが空いてますよで車掌逃げ　　かなめ

"The one behind is not crowded,"
　　Says the tram conductor,
As he goes off.　　*Kaname*

　これは「悪しき者のやさしいあわれ
み」[『聖書』「箴言」第 12 章 10 節] といえ
よう。

新米の巡査日向に立尽し　　好浪

> The new policeman,
> 　Standing all the time
> In the sun.　*Koro*

英語圏の諺に「新しい箒（ほうき）はきれいに掃ける（＝新任者は忍の一字）」というのがあるが、それに通じる。それでも数日たつと、彼の制服もそんなに目新しくもなくなり、うだるような暑さの日向に立つことはなく、どこかの木陰に佇んでいるはずである。

牛肉屋戦さのように磨いでゐる　　妙々子

> The butcher
> 　Is sharpening it
> As if for battle.　*Taedaeshi*

肉屋が温厚なひとで、われわれの肝臓や肺臓を狙ってはいないと思うが、肉切り包丁を磨いているのを見るとつい体がぶるっと震えるのは、きっとどこか残忍なところがあるからかもしれない。

笑い止むまでは高座で汗を拭き　　古

> On the rostrum;
> 　Wiping away the sweat,
> Until they stop laughing.

この句の主題は噺家（はなしか）である。彼は全力を傾け、話術を駆使し、好機をとらえて首と顔の吹き出る汗をぬぐう。聴衆は、落語の最後の面白い落ちで一気に笑いが起こる。根っからの面白い人間にとってみると、話芸はそれほど面白くはないのかもしれない。

今日抜いて明日斬り合う講釈師　　古

> The professional story-teller
> > Draws his sword today,
> And fights to-morrow.

　新聞や雑誌の連載小説のように、講釈師はいちばん盛り上がる山場のところで話を打ち切りにして、聴衆の欲望を引き延ばす。

荒打に左官斗りは本の顔　　古

> Giving a rough coat of plaster,
> > Only the plasterer
> Has his normal face.

　左官見習いの素人連中だと、土蔵の壁に、荒木田［沖積地や水田などにある粘着力の強い土］と砂と藁を混ぜたものを塗るとき、元の顔がわからぬくらい顔が泥だらけになる。ところが、左官の棟梁くらいになると、顔が普段のままで、これまでの年季が入っているので、今日もいつもどおりである。

反れるだけ反つて角兵衛ことわられ　　光右衛門

> The *kakube*
> > Bent back as far as humanly possible, ―
> And then was refused.　*Kouemon*

　「角兵衛（獅子）」は、太鼓の音につれて踊りまわり、身をそらしたり逆立で歩いたりする。子供が小さい獅子頭をかぶり芸を見せて銭を乞う正月の行事で、家々を訪れる。
　この句では、子供が体を二つ折りにして最高の芸を見せても、家のおかみさんが出てきて、お駄賃もあげずに追い払った。

うしろの子前へ回すが守上手　　古

> Swinging round the baby
> From the back to the front, ―
> That's a clever girl!

　子守が、おんぶ紐をずらして、背中の赤ん坊を前
の胸に移動させて抱きかかえる。これは、お好み焼
きをうまくひっくり返すのと同じような、修練の技
が必要である。

乳母車腹で押し押し編んでゐる　　五健

> The nursemaid
> Keeps pushing the pram with her stomach,
> Knitting.　　*Goken*

　この句には、なにか心地よい禅の雰囲気の
ようなものがある。すべてのものは、その使
い方に応じて、その価値が生まれる。腹も使
いようで、ときには食べ物を収める袋であったり、ときには赤
ちゃんを宿してくれるし、ときには物を押してゆくこともできる。

じれつたいお子だと守は二たゆすり　　古

> "What a nuisance, this child!"
> The nurse-maid
> Shakes him twice.

　子守が赤ちゃんをおんぶしている。赤ちゃん
を泣きやませるのにあらゆる手をつくす。子守
唄を歌ったり、前後に行ったり来たりを繰り返
して歩き回る。赤ちゃんは不機嫌に泣き続け
る。寝ころんで「高い高い」を二度やって、
赤ん坊に泣いてはだめよといいきかせる。

糠袋下女は目鼻をつかみよせ　　古

> The rice-bran bag;
>> The maid
> Gathers eyes and nose together.

　　不器量な下女［召使の女］が風呂に入る
　　とき、米ぬかを使って美肌にしようとする。
彼女は糠袋を大真面目に顔にあてて、目鼻立ちをよりはっきりさ
せようと全身の力を目と鼻に集中させる。

川中をわらぢであるく筏乗り　　古

> Walking on the middle of the river
>> With straw sandals, —
> The raftsman.

　　これはなんとも詩的な川柳である。
筏のことは直接的にはなにもふれず、
草鞋をはいた筏乗りが、まるでイエ
ス・キリストのように、水の上を歩いているように見える滑稽味
がある。

伸びる丈うでを伸ばして縄をなひ　　古

> The body stretched,
>> And stretching the arms, —
> Making rope.

　　縄をなうとき、職人はあぐらをかいて、片
足の親指と隣の足指の間に縄の一方の端をは
さみ、もう片方の縄の端を天井に向けて一杯
に伸ばして、両手で器用に撚って編み上げる。

畳屋はうでも道具の中に入れ　　古

The tatami-maker
Counts his arm
As one of his tools.

　畳職人が畳をこしらえるとき、藺草の
畳表に布のへりを畳針で縫って、糸をしっ
かりと畳床と畳表までも貫き通すときに
自分の肘を梃子にして用いる。職人の文字通りの腕の部分が、包
丁や千枚通しのような道具と同じ役割を果たす。

あご皮つまんで床屋斜にかまへ　　華川

Picking up the skin of the cheek,
　The barber holds it
Aslant.　*Kasen*

　これは、床屋に行ったとき、散髪中じっとが
まんするしかない、いやなものの代表格かもし
れない。

髪洗ふ上で床屋は手を洗ひ　　文久

The barber washes his hands
　Over the head of the person
Whose hair he is washing.　*Bunkyu*

　髪を洗ってもらっているお客のほうは、
これが事実だとしたら、知らぬが仏である。
英語圏の諺だと、「目が見えないものを心
は悲しまない（＝見るは目の毒）」が思い
浮かぶ。

小使は己れも帰る鈴を振り　　水府

> The school servant
> > Also rings the bell
> For himself to go home.　*Suifu*

　上記の岸本水府（1892-1965）の川柳から、次の大伴大江丸（1722-1805）の俳句を思い起こすひとがいるだろう。

追ふ人にあかりを見する蛍かな　　大江丸

> The firefly
> Gives light
> > To its pursuer.　*Oemaru*

古郷へ廻る六部は気のよわり　　古

> The *rokubu*,
> > Hurrying home
> Wretchedly.

　「六部」とは、六十六部からきたことばで、全国六十六か所の霊場に書写した法華経を一部ずつ奉納するために行脚する僧のことだったが、江戸時代には仏像を入れた厨子を背負って、鉦や鈴を鳴らして米銭を乞い歩いた、年配の庶民の男をも指すようになった。

　この句の六部は、おそらく仲間の六部の死かなんらかの事故からか、旅をあきらめ失意のうちに故郷に戻ろうとしているところである。この句の価値は、その絵画性にあると考えるといいかもしれない。

番頭は内の羽白をしめたがり　　古

> The clerk

Wants to get hold
Of the duck of the house.

　「羽白」とは羽白鴨（はじろがも）の略で、翼に白い部分がある。転じて、「歯白」にかけて、鉄漿（かね）［お歯黒］をつけていない若い娘を意味する。読者はここに、番頭の猥褻な欲望と箱入り娘のおぼこぶりが対象となった浮世絵を見る。まさに川柳にふさわしい主題といってよかろう。これが川柳の本領発揮で、嫌悪感を抱かせるのでなく、すべてが定められた位置に適切に置かれている。

　おはぐろをつけつけ禿（かむろ）にらみつけ　　　古

　　While having her teeth blackened,
　　　The matron of the brothel
　　Glares at the little prostitute girls.

　日本の女性は、お歯黒であえて醜く見せて、貞節を守ろうとする。しかし、この慣習が徐々に審美的な魅力を持っていると見なされ、遊女にも真似されるようになった。この川柳の中でも、妓楼の遣手（やりて）はお歯黒をして、口を開くこともできず、遊女にかしずく禿を監督し、目に物言わせてそそうをさせないようにする。

　吉原に居ると売卜（うらない）さばけもの　　　古

　　"He's at the Yoshiwara!"
　　　The fortune-teller
　　Is a shrewd man.

　旦那が家を出て数日たつのに戻ってこない。心配した女房は占

い師の元へ行き、居場所をたずねる。抜け目ない占い師は、川柳にあるように、「吉原に居る」と答える。正直者の占い師は人間の性^{さが}に精通している。

　　使者はまづ馬からおりて鼻をかみ　　　古

　　　The messenger,
　　　　　Alighting from his horse,
　　　First blew his nose.

　見た目は汚いことが、ほんとうは清潔で丁寧なものである。馬鹿げたものとふさわしいものが、ひとつのものとして認識される瞬間である。

　　独唱の胸から声をふるはせて　　　美貴夫

　　　The soloist sings,
　　　　　Shaking her voice
　　　Out of her breast.　　*Mikio*

　あの痛々しい高音で、独唱者が、聴衆の面前で、自分の声をこれ見よがしに見せつける。

　　旦那寺食はせて置てさてと云ふ　　　古

　　　The parish temple;
　　　　　After giving them something to eat,
　　　He says, "Well, …."

　村人たちは寺に招かれ、満腹になるまでご馳走になった。すると住職が「まことにいいにくいことながら、寺の屋根が雨漏りをしております。日ごとに物価は高騰し、お布施はきわめて乏しい状態です。檀家のみなさまにおかれましては、信心深いおかたばかりなので、願わくばお寺のために……」。なにかをもらってすぐ、お返しをするのを拒むのは難しい。

毛があらうものなら和尚いゝ男　　古

> If the abbot
>> Had some hair,
>> He'd be nice-looking.

　日本では、お坊さんは剃髪（ていはつ）が特徴で、このせいで性別がはっきりしないように見える。おそらく女性なら、「もし剃髪でなかったら、きっと美男子で、魅力的な人だろう」と思うかもしれない。お坊さんが髪を剃るのは自由だし、われわれがその髪をお坊さんに戻した姿を想像するのも自由である。毛のあるひとにとっては、すべてのものが毛があるものとして映るのである。

梵妻（ぼんさい）に鐘をつかして碁に耽（ふけ）り　　浪の人

> Absorbed in chess,
>> The abbot
> Has his wife ring the bell. *Nami no hito*

　囲碁は、西洋ではチェスよりもチェッカーに似ている盤上競技で、白と黒の石を盤上に交互に並べて地（じ）と石を多くとったほうが勝利する遊戯。この句は僧侶への風刺である。仏の教えに背く僧侶が、日本では 13 世紀あたりから婚姻関係を取り結ぶようになった。そしてこの生臭坊主は碁に興じるあいだ、女房に寺の鐘をつかせる。

禅宗は座禅がすむと蚤（のみ）をとり　　古

> The Zen Sect;
>> Catching the fleas
> After the religious meditation.

この句は、公平さを欠くものでもなく、座禅や禅への浅薄な非難でもない。座禅の最中、僧侶たちは背筋を伸ばしてすわり、心を公案に集中しなければならない。もしもここに蚤か蚊が襲ってきたら、それはまた別の公案が付け足されたことになる。座禅が終了すると、ただちに蚤退治に集中する。川柳は、人間の生真面目さから滑稽さへのこの落差を揶揄している。禅とは、お腹がすいているときに食べ、痒いときに掻く、つまり心を集中してひとつの対象をはっきりさせることである。なぜ僧侶たちは、そんなに厳めしくすわって、蚤にかまれるままにまかせて、それからまたその蚤を気まぐれに殺生しようとするのだろうか？

　　　ボールドに向くと先生欠伸をし　　　以燦

　　　When the teacher turns
　　　　　To the blackboard,
　　　He yawns.　　*Isan*

　　　　　教師は職業柄、牧師と同様、体面を保ち、退屈しても顔に出さないようにしなければならない。さもなければ、生徒を注意散漫とか居眠りだとかの理由で、叱ることはできない。

　　　先生が泣いて盗んだ子が分り　　　肋骨

　　　The teacher weeps, —
　　　　　And the child who stole something
　　　Is found out.　　*Rokkotsu*

　先生が怒鳴っても脅しても、盗みをした生徒は決して白状しなかった。

しかし先生が泣いて、「私が悪かった。私の教え方がなってなくて、きみたちのうちのだれかが盗みをしてしまった。責任は私にある」というのを聞いて、盗んだ本人も泣き出して、先生に許しを乞うのだった。

信用があつて集金人で果て　　　一光

> Trusted,
>> He ended his life
>> As a bill collector.　　*Ikko*

　こういう職業についているひとは謹厳実直であった。みんなから信頼されるが、決して出世するタイプではなく、地道な生活を送り、集金人の一生をまっとうする。ひとが信頼するのは、結局人間の愚直さなのである。

まき舌で容体をいふ外科の前　　　古

> Before the surgeon,
>> Telling him his condition,
>> Trilling his words.

　この川柳は、少し専門的すぎて謎めいているが、機知に富んでいるところがある。男が喧嘩でけがをして、その症状を説明している。羞恥心はどこかに置き忘れ、立て板に水を流すようにぺらぺらとしゃべりまくる。「まき舌」ということばに、この男の生活や人生観、皮肉と侠でぞんざいな人格がにじみ出る。

代脈は何を此奴の気で見せる　　　古

> He is seen by the doctor's assistant,

Thinking in his heart,
"What can this ignoramus do?"

患者も医者代理も、演技をしている。つまり、医者代理は、医者でないのに医者のふりを、患者は患者で医者に診てもらっているふりをしているが、心の底では、このニセ医者め、とののしり、軽蔑している。

むずかしい細工歯医者も口をあき　　　五郎助

A difficult piece of work;
The dentist
Opens his mouth too. *Gorosuke*

歯医者が口を開けるのは、ひとつには難しい仕事をするとき、緊張でしかめ面になるという一般的な理由と、もうひとつには、目をむいて口を大きく開けた哀れな患者を、この歯医者が感情移入してながめているからである。

大道で脈を見てゐる子供医者　　　古

The children's doctor
Feels his pulse
In the street.

小児科の医者が、患者の小さな男の子を背負っている母あるいは子守に、通りで偶然出会う。医者は立ち止まって、子供の具合をたずね、脈をとり、忠告までしてあげる。その日は医者のせっかくの休日なのに、善意（おせっかいかもしれないが）と熱意が、この医者の信条である。

死ぬと値がすると画かきをむごい評　　古

"This will be valuable,"
　　Is his cruel criticism,
"When you're dead."

　この句は、絵が下手であることを暗示
している。そして絵師が亡くなったら、
ひょっとすると価値が出るかもしれない
となぐさめる。

のみで楊枝を削つてゐる昼休み　　古

Whittling a tooth-pick
　　With a chisel,
During lunch-time.

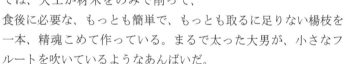

　大工は自分のためになにかを作る
ことはめったにない。しかし、ここ
では、大工が材木をのみで削って、
食後に必要な、もっとも簡単で、もっとも取るに足りない楊枝を
一本、精魂こめて作っている。まるで太った大男が、小さなフ
ルートを吹いているようなあんばいだ。

新発知の寄ると輪袈裟で首つ引　　古

When the young priests are together,
　　They play at neck-tug-of-war
With the surplice.

　英語圏の諺「男の子はやっぱり男の
子」は、単純ながら深い意味が隠れて
いる。大きなお寺の若い修行僧たちは、
年の頃7歳から15歳で、夕方になる
と寄り合い、輪袈裟〔幅6センチくらい

の輪形の袈裟〕を首にかけ、綱引きのように引っぱりっこをして遊ぶ。聖い法衣をおもちゃにして遊ぶいたずらっ子たち。

今年も相変らずと医者も来る　　柳香

> The doctor comes:
>> "This year too,
> Please patronize me."　*Ryuko*

医者は、自分が本来は不必要な存在で、ひとが電話してくるのは自分への好意ではなく、痛みの必然性によって、やむをえずであるという事実に気づいていない。

盗み心のないが乞食の自慢なり　　半文錢

> It is the boast
>> Of the beggar,
> That he has not a thieving mind.　*Hanmonsen*

R. L. スティーヴンソンがいっていたと思うが、もっとも堕落した人間でさえ道徳律を持っていて、そこから下へは自分は落ちないと思い込んでいる。

親切に教へてやつてすりも乗り　　五葉

> Kindly giving advice,
>> The pick-pocket also
> Got on the train.　*Goyo*

すりの親切とは、特に財布をすられる方の列車内の乗客の親切と比べると、悔恨の気持ちから生まれているので、現実的で、おそらくそのせいでもっと真実味があるといえるかもしれない。

車屋をのせて車屋引いてゐる　　一斗

> The rickshaw-man

Gives another rickshaw-man
　A ride.　　*Itto*

　この句の滑稽味は説明しにくい。深淵さを
示そうとして、車屋は本当は引っぱるひとで
はなくて、引っぱられるひとであるという事
実を表象しようとしているのかもしれない。

動物

　鶴の死ぬのを亀が見てゐる　　　古

> The tortoise
>> Is watching
> The crane die.

　人口に膾炙した諺「鶴は千年亀は万年」を典拠にしている。この諺によると、亀は鶴が死ぬとき見届けることができる。それでも、この光景を想像すると、なにやら奇妙で恐ろしいものがある。そんなに長い生命を保てる、まるで架空の生き物のような生死は、普遍性を持ったあらゆるものの生死の縮図である、という独特の感覚を与えてくれる。

　かめ淋し鶴に別れて九千年　　　水平坊

> The tortoise,
>> Parting from the crane,
> Is lonely for nine thousand years.　　*Suiheibo*

　川柳は、きっぱりと頑なまでに詩であることを拒む。ほんのわずかな誇張も、ロマンティックな誤謬も入り込む余地を与えない。「鶴は千年亀は万年」の算数の引き算問題である。答えは、鶴が死んでから、亀は気の遠くなる残りの時間の間、ひとりで生きてゆかねばならない。川柳の座右の銘とは、「振り落とせるものすべてを振り落とす」[『聖書』、「ヘブライ人への手紙」、第 12 章 27 節]。

　ほととぎす二十六字は案じさせ　　　古

> "Hototogisu,"

> Makes us think
> Of twenty six more syllables.

　「ほととぎす」の5文字が最初に思い浮かんでも、和歌を作るには31文字が必要で、残り26文字をなんとかひねりださねばならない。前の句と同じように、引き算をしているだけの句という印象である。しかし同時に、純然たる詩的瞬間は、表現とは別のことばを越えたもので、それをことばで表そうとする詩歌（和歌も俳句も川柳なども含めた）という文芸への痛烈な批評にもなっている。

　おとなしくして金魚は餌になやみ　　　信子

> Being gentle,
>> Gold-fish
> Suffer for food.　　*Nobuko*

　金魚は愛玩用として飼育される。優美さがあっておとなしい。しかし、餌を与えるのを忘れがちになっても、空腹感を伝えられないから、飼育者は注意しなければならない。そうしないと、金魚は優美なまま、おとなしく死を迎えることになるからである。

　にはとりと読みさうな名を時鳥　　　古

> What one would read
>> "Chicken,"
> Is the word "cuckoo."

　「ホトトギス」を漢字で書くと、「時」と「鳥」の二文字で表す。そして、この漢字から、夜明けの時を告げる雄鶏だと思い込んでいるひとがいる。この句は、風刺あるいは警句という以外とうて

い詩とは呼べないものだが、川柳作者の鋭い批評眼が、言語的錯誤にメスを入れたのを捉えた瞬間である。

　ひきがへる掛物を見る姿也　　　古

　　The frog
　　　Seems to be looking
　　At a hanging scroll.

　掛物［掛軸］をちゃんと見ようとするとき
は、正座して、目を皿にしてながめる姿は、
蛙の姿とそっくりである。この句は、もちろ
ん蛙よりも人間を揶揄している。

　　　小癪にも犬の子昨日今日を吠へ　　　右近

　　　Today and yesterday
　　　　The puppies are barking
　　　　　Cheekily.　　*Ukon*

　　　　　この句は、皮肉と辛辣さが欠如している
　　　　ので、川柳というよりもむしろ俳句である。
　　　　子犬は特定のなにかに吠えたてるでもなく、
すべてに向かってキャンキャン吠えながら、大人になるまで吠え
かたを学んでいく。吠えながら、対象をぽかんと眺めたり、生意
気な目つきでじろっと見るのも、自然に身に着けていく。

　ブルドツク甘へる顔も同じ顔　　　女神丸

　The bulldog's face,
　　When it fawns on you, —
　It's the same face!　　*Nyoshingan*

　ブルドッグは、怒っていようがしっぽを
振っていようが、顔の表情が変わらない。

その顔は、恒久不変の不細工さの極みだが、これもまた魅力があるという。

犬の王様かと見れば女犬　　可亭

The King of Dogs? ―
No, it is only
A female dog.　　*Katei*

犬が威風堂々と歩いていたので、犬の王様かと思われた。ところがよく見ると、数匹の犬が後ろについて来ていた。崇拝者を引き連れた女王様である。この句もまた、動物を用いた人間への風刺詩である［吉原の花魁とその取り巻きを揶揄している］。

シヤボン玉犬の頭で一つ消え　　兎猿子

A soap bubble
Burst
On the dog's head.　　*Toenshi*

犬は狐につままれたような顔をしている。それは、犬がわれわれ人間と同じような感情と共通するものを持っていると思わせてくれる微笑ましい瞬間である。子供がシャボン玉を吹いている。そのひとつが犬の頭に当たって消えると、犬の顔の表情がなにかほろ苦い謎に包まれたものに取って替わる。

弱虫が何を吠へるとブルドツク　　青明

The bulldog:
"What's this feeble little thing
Barking at?"　　*Seimei*

小型犬がブルドッグに吠えると、ブルドッグは、まるでこの臆

病者の弱虫がなにを大げさに騒いでいるのかと自分に問いかけるように、意にも介さないで顔をそむける。（原文の「ブルドツク」という表記は間違いで、犬の「ブルドッグ」でなく、英語ではない「ブル（牡牛）ドック（波止場）」というわけのわからない意味が、奇しくも生じてくる。）

自転車をあきらめて犬舌を出し　　五呂丸

Giving up
The bicycle,
The dog sticks out his tongue.　*Goromaru*

もしこれが俳句だとしたら、「感傷的誤謬」（パセティックファラシー）のひとつの具体例に分類されるだろうが、川柳であるので、ここではわざと意識したユーモアをねらっている。犬が自転車の後ろを追いかける。吠えながらだから、かけっこでへとへとになって、舌を突き出し息もたえだえになってくる。この川柳作者は、どうやらこの犬を「物笑いの種」あるいは「思い上がり」の表象として描いているようである。

なぐられた猫隅つこで顔をなで　　鯛坊

The slapped cat
Washes its face
In a corner.　*Taibo*

猫には恨んだりする気持ちは毛頭なく、もめごとが片付いたらあとは普段通りの行動に満足げに忙しい。犬と違っ

て、猫はおしおきで叩かれてもいっこうに気にならない。

起^{おこ}されて猫は背中へ腹をたて　　　古

> Made to get up,
> 　　The cat gets angry
> With her back.

この句の要旨は翻訳不能である。な
ぜなら、ルイス・キャロル（1832-98）
の作品の面白さと似ていて、ある特定
の言語に特有の慣用表現に依拠してい
るからである。この川柳の「猫は背中へ腹をたて」がそれにあた
る。「腹がたつ」は「怒る」という意味の慣用表現だが、文字通
りには、「お腹が隆起する（＝立つ）」でもある。しかし、この川
柳の猫は怒りを表しているだけでなく、背中を弓なりに隆起させ
て体全体を伸ばす。猫が心地よく眠っているところからたたき起
こされると、まるで「背中にふくれたお腹をのせた」みたいに不
満を表すのである。

緋鹿^{ひか}の子の扱帯^{しごき}で猫の恋をせき　　　かほ丸

> Damming up
> 　　The cat's love
> With her scarlet under-sash.　　*Kaomaru*

ある春の夜、猫は外に出て庭で
恋人との逢瀬を楽しもうと思った。
ところが、家の娘が深紅のまだら
の下帯^{したおび}で、猫を柱に縛ってしまっ
た。ここには、猫と娘、恋と赤い
下紐、それぞれの二組の調和が緊
張の糸で結ばれている。

満腹の馬の機嫌は桶をかみ　　飴ン坊

The horse, having eaten its fill,
　　Is in a good mood,
And bites its food-bucket.　　*Amenbo*

これは、馬の生活の内部に入り込んでいるせいか、あまりに俳句に近づきすぎている気がする。

何遍も外で嘶く縄暖簾　　紅太郎

Again and again
　　Neighing,
Outside the rope-curtains.　　*Kotaro*

屋台の入口には、だいたい縄暖簾が掛かっていた。馬方が、腹ごしらえか一杯やるためか、それとも両方か、そのための簡単な店である。冬など寒い外で、馬が長い間待たされでもしたら、不平不満のいななきを繰り返す。動物と人間とが、時折お互い近い存在となるときである。

メリンスをつけて気のいゝ馬の顔　　三太郎

The good-tempered face
　　Of the horse,
Wearing muslin.　　*Santaro*

馬の背に赤い布がかけられているところを見ると、これは祭りのころの風景である。馬もにぎわいを察知し、まるで楽しんでいるようすがうかがえる。この「まるで」が曲者で、ふだんは人間のために一日中重い荷を運ばされて、この祭りの日だからといって、ほんとうは幸せが顔に出るはずも

ないのにという深い意味合いを持たせている。

さげて来た鼠に巡査欠伸する　　　美扇

　　Bringing along a rat,
　　　　The policeman
　　Yawns.　　*Bisen*

　かつては、警察に鼠を持っていくと、なにがしかのお礼がもらえた。暖かい午後の昼下がり、だれも悪いことをするなんて考えないようなとき、駐在所のお巡りさんはうたた寝をしながらすわっている。すると子供が鼠一匹ぶらさげてやって来た。お巡りさんは目を開け、欠伸をひとつすると、日常の仕事を始めるのであった。

蜻蛉は石の地蔵に髪を結ひ　　　古

　　The dragon-fly
　　　　On the stone Jizo,
　　Is dressing his hair.

　地蔵は、六道の衆生を教化・救済するという菩薩。この川柳は、想像力というよりも空想の産物であるが、ひとはたくさんの夢想を持っていて、それらは無価値なものではない。むしろ神秘的になろうとして、真実の枠内で、罪人の中に聖性を見るのが聖人の業であるのと同じく、想像力は空想の中に想像力そのものを見るだろう。

波の寄るたびに鴉は少し飛び　　　日車

　　Each time a wave breaks,
　　　　The raven
　　Gives a little jump.　　*Nissha*

　これが川柳で、そうだとすれば、それは鴉が滑稽でのろまなと

ころがあるからである。さもなければ、これは俳句で、しかも上質の部類である。

犬に芸させてる方も何か食ひ　　　錦浪

    The one who gets the dog
        To do his tricks,
    Also eats some.　　*Kinro*

これはもっとも魅力的な川柳のひとつといっていい。娘が犬に芸をさせているところで、犬がうまく応えれば、ビスケット一枚をご褒美として与える。同時に、彼女も自分の口にぽいと放り込む。ふとしたこの行為は、犬と娘の共通性を導き出して、この場面に愉快な詩情を添えているといえまいか。

食ふものを踏んでる象の羔なし　　　水府

    The elephant
        Tramples on his food
    Unintentionally.　　*Suifu*

象の巨大さと無用の長物ぶりが、うまく描かれている。あの大きな足で、悪気なくなんでも踏んづけてはこっぱみじんにしてしまう。わたしたちは、この巨大な動物に、わたしたち自身の拡大された不器用さとか無頓着な愚かさが詰まっていると思い込んでいる。

追はれると尻でかぶりを家鴨ふり　　　古

    When pursued,
        The ducks shake their heads
    With their tails.

捕えようとする人間から逃れる

家鴨は尻で頭を振る。捕まるのなんてまっぴらごめん。

　鶏の何か言ひたい足づかひ　　　古

> The chicken
>> Wants to say something,
> The way it's using its feet.

　鶏、特に雄の鶏は、まるでなにかいいたそうに、いらいらした
ように足で地面を引っ掻くことがよくある。人間も、ほとんどの
ひとが、なにかしゃべる前にはすこしもじもじする。

事物

ひようたんはこゝをつかめの生れ付き　　古

The gourd says,
　　Of its nature
"Hold me here!"

瓢箪は、中央部がくびれ、上と下は大きさが違っている。そのため、片手で握りやすく、酒などを入れる容器として用いる。

日本の金のうごく晴天　　古

The money of Japan
　　Moves, —
This fine day!

これはお金の詩である。商人は澄みきった青い空を見上げると、そこにお金があって、持ち主が変わって、溜まって、増えていくのが見える。彼は、お金がすべての善の根源と思い、お金を生み出すのに役立つ晴天を喜ぶ。

あとの無い証拠おふくろさかさ桐　　古

A proof she has no more,
　　The mother gives
The upside-down paulownia.

江戸時代の貨幣「大判金と一歩金」（大判小判）の金貨には、桐の紋が刻印されていた。しかもこれはひとの手で行われていたため、めったにあることではないが、桐が逆さになった間違いが生じることもあった。この金貨は江戸の庶民にはことのほか尊ば

れ、幸運をもたらすと考えられた。道楽息子に、この幸運の一両が、母親が残す全財産として、ころがりこむことがあった。

腹の立つ時見る為めの海　　古

The sea, —
　　Something to look at
When we are angry.

おそらくこの句は、江戸の商人が、あまりにも無用の売れもしない海というものの意味を解き明かそうとした、ひとつの作品かもしれない。

吹立（ふきたて）の金（かね）は田舎であぶながり　　古

The newly-minted money
　　Was feared
By the countryman.

田舎者は臆病で用心深い。だれかが、鋳造したてのぴかぴかの銭を出して支払おうとすると、村人はそれを受け取るのを躊躇するのである。

非を理にも小判の耳が聞きとゞけ　　古

The *koban*
　　Has ears
To hear the wrong as right.

奉行が、金に目がくらんで賄賂を受け取り、真実を歪曲するさまを、なまなましい比喩を用いた辛辣な句。

そこが江戸小判の腮（えら）を犬がくひ　　古

That's the real Edo!
　　The dog eats

The gills of the *koban*.

「小判の腮」を食うとは、あまりにも高価な初鰹の鰓を犬が食べるという意味である。これが江戸っ子の心意気というやつで、どんなに高くつこうと、なににもまして初物を食べることに命を賭ける気風なのである。

壱箱の跡から番頭壱本さし　　古

    After one "box,"

        A clerk

    With a sword.

「一箱」は、江戸時代には金千両という大金で、ふつう箱の中に収められていた。千両箱をだれかに渡すということになると、番頭は盗賊から大金を守るため、必ず一本差で護衛していった。

だに程な銀でお家さま寺参り　　古

    The old mistress

        Offers to the temple

    Silver coins like dog-ticks.

老舗の御上さんは、お寺参りが好きだ。ところが、裕福なのにお金にがめつく、賽銭も銀の小銭しかあげない。彼女は大金持ちで、「御家様」と呼ばれる上方の商家のおかみさんにもかかわらず、けちである。この川柳は江戸で書かれ、商人の町大坂への軽蔑の念が渦巻いている。

皆色と金ぢやと閻魔帳を繰り　　古

    "It all comes from women and money,"

        Says Emma,

    Looking up his record book.

閻魔は、死者の霊魂を支配し、生前の行いを審判して、それに

より賞罰を与える地獄の王。ほとんどのひとが悪魔の存在を信じないのと同じように、日本人も閻魔大王を信じているひとはいないが、名前だけがひとり歩きしている。

　　惚れ薬佐渡から出るがいつちきき　　　古

　　　　The best medicine
　　　　　　To make love,
　　　　Is what comes from Sado.

「佐渡から出る」のは、お金である。なぜなら佐渡金山が江戸幕府の財政を支えたからである。

　　　　　　　　　オートバイまだ出ないのにまごつかせ　　　舎人

　　　　　　　The auto-cycle
　　　　　　　　Puts them in a flurry, —
　　　　　　Though it doesn't move.　　*Toneri*

　　オートバイが、突然ひどく騒がしくなって、だれもが驚いて身構えていたが、なにも起こらず、オートバイはそのままそこにじっとしていた。これがどうもオートバイの特徴らしい。

　　影法師欠点のないわが姿　　　流水

　　　The shadow;
　　　　My figure
　　With not a bit of it missing.　　*Ryusui*

　この句は、俳句からあまり遠くない位置にある。それでも、人間と人間性と人情に集約されている。人間は、自然を無視して、人間のまわりの世界の助けを借りないで、広がりを持つことはできない。俳句と同じように、このことが川柳でもできるなら、ある程度まで人間は理想的になり、自然の中に取り込まれる。

なげ入の干からびて居る間の宿　　古

> Flowers arranged in a vase,
>> Withering,
> At an inn between the post-towns.

「間の宿（間宿）」とは、江戸時代、正規の宿場と宿場の間に設けられた、旅人が休憩するための宿のこと。ここでの旅人の宿泊は禁じられていた。この川柳も俳句との区別が感じられないくらいである。というのも、花生けの中の枯れた花は、村の孤独な本質をあぶり出しているからである。ただ季語がないだけの話である。

受取つたとでも言ふやうにポスト鳴り　　馬行

> The post-box makes a noise,
>> As though saying,
> "I have received it!"　　*Umatsura*

手紙が郵便受けに届き、その音が聞こえてくると、安堵感、充実感、人情の温かみが伝わってくる。こういう作品に、われわれは川柳の詩情、チャールズ・ディケンズ（1812-70）の詩情を見出す。

人間を炭団で睨む雪達摩　　古

> Glaring at human beings,
>> With charcoal balls, ——
> The snow-man.

日本の子供たちは、雪だるまの顔をつくるとき、炭と炭団［木炭・石炭の粉末にふのりなどをまぜ、球状に固めて乾燥させた燃料］を使う。

一本のマツチに闇のたぢろきぬ　　　万年

> At a single match,
> The darkness
> Flinches.　*Mannen*

　これは光のみごとな描写で、マッチがパチパチと音をたてて燃え上がる性質をうまく捉えている。

風の来る度に隣の梅を賞め　　　古

> Every time the wind blows,
> Praising
> The plum blossoms next door.

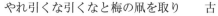

　微風が吹くたびに、梅の香りが漂ってくる。男はその香りをかぐたびに、木を眺めては溜息まじりにひとりごとをいう。「お隣さんの梅の木はなんとも素晴らしい！」

やれ引くな引くなと梅の凧を取り　　　古

> "Hi! Don't pull, don't pull!"
> Taking the kite
> Off the plum-tree.

　老人は自分の育てた梅の木を大切にしているが、もうすぐ花をつけそうな頃だった。凧がその梅の木に掛かって、持ち主の男の子がそれを取ろうとしている。老人は大事な木が傷つかないようにと、自分が凧を取ってあげようとよたよたしながら近づいてくる。

夕立の楽屋と見える雲の峯　　古

    A sudden shower;

      The billowing clouds

    Seem like a green-room.

　稲妻と雷鳴は、神の恐ろしい音楽を奏でる。そして叢雲は、いうなれば楽屋のようなもので、そこでは楽人と楽器がそろって待機している。

月の出る方へ尺八腮を振り　　京之助

    Wagging his chin,

      Playing the shakuhachi

    In the direction of the moon.　　Kyo no suke

　尺八奏者は、それほど上手ではなさそうだが、音楽的な無我の境地に入り込み、まるで救いを祈願するかのようにあるいは小夜曲で月を称えるかのように、月の方に顔を向ける。

生きものゝやうに捕へる心太　　古

    Gelidium jelly;

      When you go to pick it up,

    It seems alive.

　これは俳句が取り上げない「題目」であるが、川柳は熱を込めて詠う。俳句が拒否する理由は、おそらく「心太」は不定形でぐにゃぐにゃでぷるんぷるんしているが、森羅万象は心太と共鳴して震えることはないからだろう。心太は生きているが生きているようにみえることはない。しかし川柳は事物の外部にも満足を見出し、結局は内部も外部もわけ隔てなく繋がっているからである。

蓮根はこゝらを折れと生れ付き　　古

    The lotus root says,

        By nature,

    "Break me off here."

　蓮根は節があって、そこが折れやすく
なっている。それは「自然の図柄」と呼ば
れていたものを表しているように見える。
キリスト教弁証学者たちがいったように、
白い肌に対して、蚤は赤や黒で［神の御旨
で］目立つように出来ている。

　酸いといふ唇小さく小さくなり　　佳汀

    The lips

        That said it was sour, —

    Ever so, ever so small!　　*Katei*

　これは身体の言語表現である。ことばによる表現よりも、もっ
と豊かで、多彩であると思われる。

歴史

正成は鼻をふさいで采をとり　　古

    Masashige

        Commands,

        Holding his nose.

楠木正成（1294-1336）は、後醍醐天
皇の忠臣として名高い。千早城に籠城し
たとき、正成は戦法として、糞尿を煮て
敵の頭に振りかけるという奇策を思いつ
き、采配をふるったという。

ぬるい茶でだんだんあつき御取成（おとりなし）　　古

    With luke-warm tea,

       Gradually

    Promoted warmly.

この川柳の典拠となっている話は、
以下のとおりである。豊臣秀吉（1536-
98）が狩りに出かけた。喉があまりに
渇いたので、ある寺に立ち寄りお茶を
所望した。年の頃十三くらいの男の子がお茶を持ってきてくれ、
秀吉は一気に飲み干した。もう一杯おかわりをと願い出ると、前
より熱いお茶を持ってきてくれた。秀吉はさらにもう一杯望むと、
今度はたいへん熱いお茶が来て、秀吉は喜んでそれをすすった。
秀吉は男の子の賢さに大いに感心し、その子を取り立てて、徐々
に昇進させてやった。その子は後に大成して、関ヶ原の戦いで敗

れ処刑された武将、石田三成（1560-1600）となった。

　適温のお茶を相手に合わせて持ってくる少年の賢い知恵に加え、この川柳の「だんだんあつき」ということばは、お茶の「熱い」のと同時に、秀吉の少年への「篤い」引き立て、との掛詞になっている。

　駄々ツ子のように俊寛ぐちを云ひ　　　古

　　　Like a naughty boy,

　　　　　Shunkan

　　　Grumbles and complains.

　俊寛（1143-79）は、法勝寺の執行（しゅぎょう）で、平氏討伐の謀（はかりごと）をめぐらしたが、その謀反が発覚し、俊寛は藤原成経（なりつね）・平康頼（やすより）と共に 1177 年薩摩の奇界ヶ島（きかいがしま）に流刑された。ここはまさに寂寥の地で、悲惨な生活を強いられた。翌年、平清盛の娘、中宮（なかのみや）の安産祈願のため、罪人に大赦が与えられた。赦免使の船が島に到着し、成経と康頼は乗せてもらえるが、俊寛のみ島に残留を命じられた。俊寛はひとり岸辺に立ち、神々を呪い、おのれの運命を嘆き悲しんだ。川柳は、どういうわけか、俊寛の駄々っ子のような不満の愚痴を伝えるが、これは禅僧の身分としては不釣り合いで見苦しい。

　九郎介（くろすけ）へ代句だらけの絵馬を上げ　　　古

　　　To Kurosuke,

　　　　　Vicarious verses

　　　On the votive horse pictures.

　九郎介［九郎助］とは、吉原遊郭の廓内にあった稲荷神社のこと。和同四年（711）に、千葉九郎介が天から降りて来た黒狐と白狐を祀ったのが、その始まりといわれている。「絵馬」は、神社・

寺院に奉納する馬の絵が描かれた額。「代句」とは、ほかのひとに代って作られた俳句のことである。

　この稲荷神社では、俳句が書かれた絵馬が奉納され、吉原の遊女たちによって詠まれたものであった。ところが実際は、この作者不詳の川柳が示すとおり、そのような絵馬の俳句は遊女の常連<ruby>（パトロン）</ruby>によって書かれた。

　一門はどぶりどぶりと奏問し　　古

  The family
   Report to the Emperor,
  With a splash.

　平氏は源氏に敗れ、1185年壇ノ浦へ逃げていった。平家一門が自決をしようとしているとき、安徳天皇（まだ八歳であった）の乳母は、海の底には都があって、そこで大勢のひとが天皇を待ってくれているといって、天皇の気持ちをなだめた。このおかげで、安徳天皇は恐怖心が和らぎ、入水（じゅすい）することができた。安徳天皇の和歌が残っている。

　今ぞ聞くみもすそ川の流れには
  波の底にも都ありとは

  I know not
 Till now,
  There was a capital
 Under the waves
  Of Mimosusogawa.

　天皇と侍女たちが最初に入水した。家臣たちもその後に続いた。そして川柳は、このことを幼い天皇に、貴重な情報として報告しようとしている。

丸山で踵のないも稀に生み　　古

> At Maruyama,
>
>> Those born without heels
>
> Are also few.

　文禄（1592-95）の頃、長崎にできた遊郭が、寛永十九年（1642）に郊外の丸山に移った。主な顧客は外国人だった。外国人は踵がないと世間では考えられていたので、そのため踵つきの長靴や靴をはいているのだと思われていた。遊女たちが石女でありがちというのも周知のことである。この川柳の「踵のないも」の「も」が要諦である。同じような生物学上ならびに優生学上の法則が、外国人の場合には働いていると思われていたのである。

又文かそこらへおけと光る君　　古

> "Another letter?
>
>> Put it down somewhere there,"
>
> Says Hikaru Kimi.

　「光君」は、『源氏物語』の主人公「光源氏」の呼び名である。類まれな美男で賢いゆえ、数多くの女たちは光君の虜になってしまう。この川柳には、西洋でいうとバイロン（1788-1824）のように、浮名を流した男のものうげな倦怠感と山のような恋文にも無関心の冷たさが漂うのである。

心理

うそをつけとの大三十日来る　　古
_{おおみそか}

The End of the Year

Is coming;

Tell all the lies you can.

年の瀬に、商店主や商人は、借金したり支払いを工面したりで途方に暮れている。これは道徳的川柳あるいは風刺を目的とした川柳ではなく、あくまでも現実を映し出す鏡のようなものである。

字典など清少納言枕にし　　剣花坊

"Seishonagon"

Makes her dictionary

A pillow.　*Kenkabo*

女は、清少納言を気取っているが、すぐに眠たくなって、その辞書の本を枕にして、すぐ化けの皮がはがれてしまう。10世紀頃活躍した清少納言は、随筆集『枕草紙』［傍点訳者］の作者。

晴天に持つて通るは借りた傘　　古

Going along carrying,

On a fine day,

A borrowed umbrella.

これを実行しているひとは、なぜこんな天気のいい日に雨傘を持っているのか、説明したいと思う。ところが説明ができないので、憂鬱な気分になる。憂鬱になると、自分が馬鹿らしく見えて

しまう。というのも、傘を持っていようがいまいが、だれも気にも留めないことを半ば恐れていたことに、はっきり気づいたからである。

御近所へ御世話をかけて河豚(ふぐ)をやめ　　古

> Having caused the neighbours
>> A great deal of trouble,
> He will never eat globe-fish again.

　ひとり暮らしの男が、毒があってあたることもあるのを知っていながら、河豚を食べた。貪欲のためか、新しいもの好きか、冒険心からか。彼は危篤状態に陥ったが、ご近所の方々の看護のおかげで健康を取り戻した。ご近所のみなさんには、深々と頭を下げて謝意を述べ、もう二度と河豚には手を出さないと心に誓った。

琴棋画(こときが)ならべたばかり知りんせん　　古

> "Harp, chess, writing and painting things
>> Are just put there;
> I know little of such matters."

　これは遊女が客人に投げかけたことばである。遊女は客が自分より劣っていると思わせてはならないのをよく承知している。ここには、われわれが感じ取れる、良質の川柳や俳句の特徴である「軽み」があり、それは重みのない成熟であり、シェイクスピアやモーツァルト（1756-91）にも見出せるものである。

われよりは人に淋しい寒念仏(かんねんぶつ)　　古

> Reciting the Nembutsu in the coldest season:
>> More than for me,

It is melancholy for other people.

　これは注目すべき川柳である。なぜなら、念仏の儀礼を行うひとびとの心とそれを見聞きするひとびとの心を、この凝縮の形式で、描いているからである。「寒念仏」とは、僧侶が寒中三十日の間、山野を歩き、声高く念仏を唱える修行のことである。その後、俗人の間でも、白い装束で、寒夜に鉦を叩いたり鈴を鳴らしたりして、念仏や和讃を唱えて家々を巡り、報謝を乞い歩いた。見る側のひとたちは、彼らの念仏の世界からは閉め出されている気がしている。厳寒の中でのそのような修業は、耐え難い孤独感を募らせるように思われる。

雪の袂に丁半の銭　　雀郎

In the snow-clad sleeve
There is money from gambling.　*Jakuro*

　侍がお酒と博打に出かけた。酒と金とで顔を紅潮させて戸外に出てみると、雪が降っている。挿絵画家は、この川柳に、侍と提灯を持った家来が猿である猿芝居の挿絵を描いている。上記は現代川柳で、七・七の字不足の句である。

いたづらで困りますわと嬉しさう　　楚女

"Such a nuisance!
So mischievous!"
She says, pleased as punch.　*Sojo*

　平たくいえば、われわれはありとあらゆるものを自慢する。船酔いを一度もしたことのない男が、そのことを自慢する。海が荒れているのを想像するだけで、胃がむか

むかする男が、そうなることを自慢する。

禁札を見るその場から花を折り　　　仙外

Looking at the prohibiting notice,
And breaking off
A branch of cherry blossom.　　*Sengai*

立札に「枝折厳禁」と書いてあって、男が
それを慎重に読み、誤ってでも軽率でも警戒
してでもなく、まるで牛か猿のように枝をぽ
きんと折った。

わがすかぬ男の文は母へ見せ　　　古

Showing her mother
The letter
From a man she doesn't like.

娘は意中の人以外からの手紙を、
正直に母に渡して、母の評価をもら
いたかった。それもこれも意中の人
からの手紙を簡単に隠せるためだっ
た。

うそつかぬ傾城買ふて淋しがり　　　古

Buying a prostitute
That told no lies,
I felt lonely.

この遊女は、恋愛遊戯でまだうぶの素人だったにちがいない。
客人が聞きたい答えを出すコツが、まだしっかり身についていな
いのである。

ヘレナ島愚人の辞書にある通り　　東魚

The Island of St. Helena, —
　　Just as it says
In stupid people's dictionaries.　　*Togyo*

　ナポレオン（1769-1821）は、かつて「吾輩^{わがはい}の辞書に『不可能』の文字はない」といった。それから何年もたって、セント・ヘレナ島に流され、「不可能」という文字が普通の愚かなひとの辞書にあるように、自分の辞書にもあったことを悟ったにちがいない。

寄付金もう男爵のほしい頃　　蝶十郎

A contribution:
　　Now it is when
He wants to be a baron.　　*Chojuro*

　勤勉と金銭欲で金持ちになった男がいる。彼は突然気前良くなったが、これもいってみれば別の形を取って現れる貪欲にすぎなかった。彼はこんどは貴族になりたいと思って、人間性のある進化の法則に従おうとしている。

大の字になつて我が家の味を知り　　佳汀

Stretched out at full length,
　　You feel the meaning
Of home.　　*Katei*

「大の字になって」は、両手両足を広げて「大」の字形に横たわることである。ほかのひととほかの場所にいると、いつもかなり緊張を強いられて、心身ともに萎縮している。家にいるときだけ、安楽さがひたひたと入り込んでくる。

奏楽が少しは分る足拍子　　ツボ鱈

Understanding the music
A little,
Keeping time with her foot.　　*Tsubotara*

　これはとても鋭い観察の川柳である。女性がすわって音楽を聴いている。生半可な理解ながら、一般的なリズムと目立つ旋律についていき、足で拍子を取ることで、これを自分と他人にもいいきかせる。この足の動きで、彼女はこの難しい古典音楽が理解できるという幻想を与えてもらっている。

口あきに税務吏(ぜいむり)がくる売れない日　　銀鱗

A day of poor business!
A tax collector
Comes in first.　　*Ginrin*

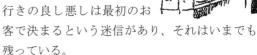

　古くから日本には、その日のお店の売れ行きの良し悪しは最初のお客で決まるという迷信があり、それはいまでも残っている。

抜路地(ぬけろじ)のつもりの連れとてれて出る　　松郎

Coming back with a friend
From an alley they thought they could get
through,

Feeling awkward.   *Matsuro*

　通り抜けできると思って、二人は狭い路地に入ってみたものの引き返すことになった。おかみさんや子供たちのまわりの視線が笑っているようで気恥ずかしくて。

追ひ越して見ればつまらぬ女なり　　鬼一郎
　　Overtaking and passing her,
　　　I saw
　　She was not up to much.　　*Kiichiro*

　後ろからだと美人としか思えず、歩を早め脇を通り過ぎるとき盗み見をすると、どこでも見かける並みの容姿。この川柳はあまり高尚とはいえないが、人生に絶えず起こる期待と失望を表している。

惜しがられながら天才使われる　　琴波
　The genius
　　Is commiserated with, ―
　But used just the same　　*Kinpa*

　ある会社ないしは工場の給仕はひじょうに賢く、だれもがここにいるのはもったいないと思うほどだった。それでも彼は働かねばならない。これは、ひとびとの冷淡さ、浅薄な同情と称賛を風刺したものである。

恩は恩娘は娘俺は俺　　懐窓
　A favour is a favour,
　　But the girl is the girl,
　And I am I.　　*Kaiso*

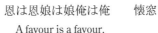

ずいぶんお世話になったひとから、そのひとのあまり美人とはいえないお嬢さんとの結婚を、考えてもらいたいといわれた若者がいた。悩みに悩んだあげく、彼は次の独り言をいって、ことわることにした。「なるほど恩を受けたのは間違いないが、自分の愛していない女性と一生暮らすのとは別問題だ」

この菓子が一つ五銭と裏を見る　　　錦浪

Saying,
　"Is this a five sen cake?"
He looks at the back of it.　　*Kinro*

当時、菓子ひとつが五銭は、非常に高価である。亭主がその高価な値段を耳にしたとき、もう一度入念に菓子を見て、ひっくり返し、裏も点検して食べた。

こつそりと箪笥の中で派手になり　　　黙念人

In the chest of drawers,
　Secretly
They had become too gay.　　*Mokunenjin*

主婦は長きにわたり、家の中でこまめに立ち働いて外出の機会がなかった。梅雨が終わって虫干しのための箪笥の着物を取り出してみると、まるで自分があっという間に年老いてもうこの着物は着れないと思う。

着物の色や柄は年齢に応じて一定の決まりがあり、明るい無地の子供向きから雅やかでシックな色合いの年配者向きまでさまざまである。

片乳を握るが欲の出来はじめ　　古

> Clutching the other breast
> Is the beginning
> Of greed.

　　生後6ヵ月か7ヵ月くらいの赤ん坊が、お乳を呑むとき、まるでもう片方の乳房をだれかに取られるのを恐れているみたいに、片手でしっかり握って離さない。これが、利己主義と貪欲というものの芽生えの瞬間かもしれない。

まゝ事の仲間へ母がたのみに来
　　　　　　　二三吉

> The mother comes to ask
> The children playing house,
> To take her own child in.
>
> *Fumikichi*

　　面白いのは、グループで遊んでいる子供たちはまだ5、6歳なのに、彼らの権力と権利をこの母親が尊重していることである。彼女は、自分の子供も仲間に入れてくれるように頼みこんでいる。

律儀ものまじりまじりと子が出来る　　古

> The man of principle;
> Silently,
> He makes many children.

　　生真面目な男は、ふだん女性のことなど話題にもせず、女遊びをすることもなく、どう見ても性的魅力はないのに、夫婦仲睦まじい子だくさん一家である。

友達が笑ふと女湯をきらひ　　ひとり

> He hates to go
> To the women's bath-room;
> "The other boys will laugh at me," he says.
> *Hitori*

　日本の銭湯は、男湯と女湯に分かれて
いて、小さな男の子はいつも母に連れら
れて女湯に入る。男の子は友達にひやか
されるので、行きたくないと母に打ち明けると、子供がもう一人
前にまわりの状況をちゃんと把握しているので、母親として感無
量である。

まけたのが鈴虫を聞く草角力[くさずもう]　　句浪人

> The grass-wrestling;
> The one who lost is listening
> To the sound of the *suzumushi*.
> *Kuronin*

　草角力［草相撲］は、草原などで遊び
として行う相撲である。祭礼のある夏
の夕方に開催される。村の若者たちが、
神社の境内で相撲を取る。勝者は、意気揚々と友達と語らい笑い
合う。敗者はひとり暗がりの中にすわりこんで、虫の音に聞き入る。

おじいが目見ろと小刀[こがたな]やつと取り　　古

> "Look at grandpapa's eyes!"
> He says, and at last
> Gets the knife away from him.

　子供が鋭い小刀を手に握っていて、父
親はそれをなんとか奪い取りたいが、子

供がけがをしてしまうと考えると恐ろしい。そこで、おじいちゃんの目を見なさいといって、注意をそらしながら、なんとか小刀を取り上げる。

いろいろの注意を選手軽く受け　　　雨町

> The champion
> 　　Takes lightly
> All kinds of advice.　　*Ucho*

チャンピオンのまわりに大勢のひとが押し寄せ、ああしろこうしろといろいろ注文をつけるが、チャンピオンはそうした忠告がうっとうしくてしかたない。まわりのほうが、彼よりも熱く興奮している。

普請場で薪を拾う大旦那　　　春雨

> The old master
> 　　Picking up firewood,
> In the work-yard.　　*Harusame*

老人は商家の富豪ながら、建築現場に毎日やってきては、落ちている材木の切れ端を拾って家に持ち帰り、薪として使う。この川柳は、金持ちになるには、人並み以上の金銭欲が必要という風刺の棘が効いている。

ていねいに水瓜を食ふとげびるなり　　　古

> Eating water melon
> 　　Politely,
> Is vulgar.

日本では、目の前に供されたものはすべてきれいに食べるのが

礼儀とされているが、西瓜（すいか）の場合は、赤い果肉だけでなく、白いところや緑のところまで食べるのは業突（ごうつ）く張りと思われるので、これだけは例外である。

雛（ひな）の椀（わん）小馬鹿にならぬ高いもの　　古

> We can't make light
> Of the dolls' bowl, —
> It's so expensive!

三月三日の雛祭りの蒔絵（まきえ）のお椀は、とても小さいが、漆塗りで金箔が施されている。非常に高価なものなので、馬鹿にしたり無関心ではいられない、精緻な細工である。

本ぶりに成つて出て行く雨やどり　　古

> After it began to rain
> In earnest,
> Coming out of the shelter.

雨が止んでくれることを願って、雨やどりをしようとどこかの軒下を借りた男がいた。しかし、雨が止みそうもないのであきらめ、ひょっとして雨に打たれると雨が止むかもしれないと願いながら、雨の中をとぼとぼ歩きだす。

濡てゆく女かぞへる雨やどり　　古

> A shelter from the rain;
> Counting the women,
> Going wet in the rain.

二人の男が軒下で雨やどりしている。手持無沙汰で、雨の中を急ぎ足の女たちの品定めを始める。「あの娘はずいぶん粋だね」「あの女は足がすこぶる早い」「ここに来ればいいのに」「あの女で五人目だ」

雨やどりちよつちよつと出てぬれてみる　　古

> A shelter from the rain;
> 　　Going out now and again
> To see how wet one gets.

雨やどりしていた男が、雨の中に出て顔を上げる。「これじゃ濡れ鼠だ」と思って、また元の場所に引き返す。そしてまた雨の中へ飛び出し、同じことを繰り返す。

こぶ巻をくはせて置て<ruby>置<rt>おい</rt></ruby>てでんじゆをし　　古

> Letting her taste
> 　　The *kobumaki,*
> And *then* initiating her.

物売りがやって来て、昆布巻を取り出して、その品質を推奨する。「味見してください。おいしいでしょ。それじゃあ、この作り方教えますんで」。この川柳の「くわせて置て」の「置て」が、微妙な味わいを持っている。

高いよと<ruby>初手<rt>しょて</rt></ruby>におどかす初かつを　　古

> "The first bonito are very dear, you know,"
> 　　Threatens the bonito seller,
> Right at the start.

六月に出回る初鰹は、目が飛び出るほど高価で、魚売りは売り手が有利な

立場であるのを知っている。そのためか、魚売りは横柄で威張っている。

銅仏（かなぶつ）は拝んだ跡（あと）でたゝかれる　　古

> After being worshipped,
>> The bronze Buddha
> Is beaten.

これは阿弥陀仏像で、参拝者はお辞儀をした後、ごく自然な好奇心からか、鋳造されている金属がなんなのか確かめるかのように、叩いてみるのである。

蝿打（はえうち）でかき寄せて取る関手形（せきてがた）　　古

> Pulling to him
>> The pass,
> With the fly-swat.

関所の役人は退屈と眠気を克服しなければならない。旅人が通り手形［関所通行の証明書］を差し出すと、傍若無人な役人は、あくびをしながら、蝿たたきで自分のほうにその手形を引き寄せる。

江戸時代の関所は、諸藩の間に設置され、手形・荷物・旅の目的、等が厳しく取り調べられた。日本人の疑心暗鬼の国民性の表れであるかもしれない。

口だけはカンチンジヤンカへも登り

剣花坊

> As far as his mouth is concerned,
>> He could climb
> Kanchinjanka.　　*Kenkabo*

登山家が漁師と似ているのは、自画自賛するのと大風呂敷を広げる癖があるからである。

カンチェンジュンガ［現在はこう表記。英語表記も Kanchenjunga が普通］は、エヴェレストから 120 キロメートル東に位置する世界第三位の高峰。標高 8586 メートル。

そこら中ふたを明け明けていしゆぶり　　古

> Taking off the lids everywhere
>> One after another,
> Just like a man.

女房の外出中に来客があった。旦那は客人になにか出そうと思ったが、どこになにがあるのか見当がつかなかった。それでも鍋や壺の蓋を取っては閉めてを繰り返す。「亭主」ということばは、「夫」と「店主」の両方の意味がある。この句では、もちろん後者の意味で用いている。

車引女を見るといきみ出し　　古

> When the hand-cart puller
>> Sees the girl,
> He puts on a spurt.

これは結局、ダーウィン（1809-82）の『種の起源』と『人間の由来』とを 17 文字にしたもので、滑稽味が無駄になってうまく機能していないのは、その滑稽さは、ダーウィンが手をつけなかった世界だからであろう。

謝つてゐるのに主人云ひ募り　　雅芳

> He begs his pardon,
>> But the master

Keeps on scolding.　*Gaho*

　丁稚が何度もごめんなさいとあやまっているのに、主人は、丁稚がまるで反省もせず反抗的であるかのように、がみがみと小言をいい続ける。実のところ、丁稚が失態をどんなに謝っても、これまでの積もり積もった恨みつらみ、引け目、失望、人間不信、等々が噴出して、どんなお詫びも主人には効き目がなかった。

　あいあいといふたび〆るかゝへ帯　　　古

　　Every time she says
　　　"Yes, yes,"
　　Tightening her under-sash.

　着物を着ようとしているとき、だれかに呼ばれると、「あい、あい」と応えて、「あい」ということばごとに、かかえ帯をしっかり締めこんでゆく。この相手に応えるのと身に着けるのとが、ここでは女性の本質を表す同時性の一体化した表現となっている。

　蚊遣火<ruby>蚊<rt>か</rt></ruby><ruby>遣<rt>や</rt></ruby><ruby>火<rt>び</rt></ruby>の<ruby>馳走<rt>ち そう</rt></ruby>ありがた涙なり　　　古

　　Doing a kindness;
　　　In the mosquito smudge, —
　　Tears of gratitude.

　この川柳の由来は、たとえば、眉をしかめると怒りが湧いてくるという因果関係に基づいているかもしれない。この句では、煙が目に染みて涙があふれると、それはひとの役に立つその煙に感じる、ありがたみの証しである。

屁をひつてをかしくもない独り者　　古

> Farting, —
>> There's nothing funny about it
>> When you're living alone.

　この川柳には、どこか悲
劇的なものがつきまとう。
独身者は、妻帯者が考える
ほど幸せではない。なぜなら、
物事に価値を与えるのは、ひとりの人間ではなく人々だからであ
る。

棚釣つてわざとあたまをぶつて見る　　古

> Putting up a shelf,
>> And bumping his head
>> On purpose.

　これは、目障りとなるか、高すぎるか、低すぎるかを見きわめ
るためである。

賞められて沢庵石を持たせられ　　白浜

> Being praised
>> Into carrying,
>> The *takuan* stone.　　*Hakuhin*

　「沢庵」は大根の漬物の一種。大根と塩と
糠を樽に入れて、押しぶたをして重石を載せ
る。おかみさんが、男に漬物石を動かしても
らおうと、「腕っぷしが強そうね」とほめる。
男はほだされていると知りつつ、ぐっとこら
えるしかなかった。

小説に泣き泣き菓子も食つてゐる　　　寅夫

    At the story,

      Weeping tearfully,

    And eating cakes.　　*Torao*

これはホメロスに似ている。オデュッセウスと数人の部下は、怪物に食べられそうな危機から逃れ、ひどく泣いた後、たらふく食べ、ぐっすり眠った。これは空想的な絵空事の真実ではなくて、まさに人間の一生の真実である。

ろうそくを消すに男の息をかり　　　古

    To blow out the candle,

      She borrows

    The man's breath.

ここには、不思議なほど意味深長なものが潜んでいる。女が自分で蠟燭の火を消さず、色っぽく誘って男に消してもらうようにしむける。

隣へもはしごのれいにあやめ葺《ふき》　　　古

    Putting irises

      On the roof next door too,

    As thanks for the ladder.

五月五日は「端午の節句」である。床の間に、甲冑・刀・武者人形などを飾り、戸外には鯉のぼりを立て、菖蒲を軒に挿す。息子がいる家庭の父親が、隣家から梯子を借りてくる。借りたお礼に、息子のいない隣家の軒にも菖蒲を挿して、邪気を払ってあげる。

あばれ馬大手をひろげては逃げる　　古

> They spread out their arms
>> To the run-away horse, —
> Then take to their heels.

ひとびとは、その馬を止めようとして、道に出て両手を広げているが、鼻息荒く駆けてくると、みんな蜘蛛の子を散らすように逃げてゆく。

吸い付けた方が幾分勝つてる碁　　古

> The one who has lit his pipe
>> Is winning, rather,
> In the chess game.

対局者のどちらかが、煙草に火をつけて一服するなら、そのひとの方が勝ち目があると考えてよさそうである。

碁盤を出すは昨日負けたやつ　　古

> The man who gets out
>> The draughts-board,
> Is the one who lost yesterday.

勝負事で負けるのは、おそらくもっとも痛ましい忘れられないものであろう。勝った方は、いまの栄誉にこのまま浸っていたいと願うし、敗者は、敗北の痛みが心の中で疼き、それでもいくぶん作り笑いでごまかしながら、盤と碁石を持ち出してきて、

次回に備える。

応援団選手よりまだ夢中なり　　　青二才

> The cheer-party,
> 　More frantic
> Than the players.　*Aonisai*

　たしかに、選手たちは全力を尽くしているが、応援団はそれに
まさるほどの力の入れようである。彼らは興奮で無我夢中の状態
で、時空の感覚も失っているかのようだった。

一本のマッチで心易くなり　　　春草

> With a single match,
> 　Becoming
> Friendly.　*Shunso*

　人間性は脆弱だからか、敏感なため
か、愛情を感じやすいためか、あるい
はその理由はなんであろうと、二人の
赤の他人が、一本のマッチで煙草や
煙管に火をつけると、二人の心はすでにぽかぽか温かい。

ほろ酔の中は話せる顔ばかり　　　久良岐

> While half-tipsy,
> 　Everybody
> Has a knowing face.　*Kuraki*

　酔っ払いの中間の段階は、良くも悪くも
他人の人格を理解していると、だれにも思
わせるようなふしがある。

踏まれても相手によれば痛くなし　　信之

> When you're trodden on,
> 　　It doesn't hurt, ─
> According to who does it.　　*Nobuyuki*

　だれかがいったように、男性が二又
の道に来たとき、女性がいる道を選ば
せるのが、性というものである。苦痛
は、ある程度主観的なものであり、
この句はわれわれに、シェイクスピアの
「恋人たちはつねっても、痛みを感じないものである」というこ
とばを思い出させる。

人格の裏を女にのぞかれる　　江水

> The hidden parts of great characters
> 　　Are peeped into,
> By women.　　*Kosui*

　これは、英語圏の諺「従者から見れば英雄もただのひと」の
変種である。ニュートン（1642-1727）やプラトン（紀元前 427-
紀元前 347）やダンテと同じベッドで寝起きをともにすれば、多
くの追従的な伝記作家や批評家たちは態度を一変するだろう。

失業をしてマルクスも読んで見る　　山茶花

> Losing his job,
> 　　He tries reading
> Marx.　　*Sazanka*

　これは非常に単純な句であるが、人間も
見方によれば非常に単純なものである。

子の売つた金<ruby>雷光<rt>かねいなづま</rt></ruby>のように消え　　古

> The money
> 　　He sold his daughter for,
> 　Vanished like lightning.

　このあまり推薦できない川柳でも、恐ろしい真実が含まれている。貪欲と浪費は、人間性という同じひとつの貨幣の表と裏である。

花見から帰れば家は焼けてゐる　　剣花坊

> Back from the flower-viewing, —
> 　　Their house
> Is burnt to the ground!　*Kenkabo*

　この対比の過激さは、詩というにはあまりにも度を越えているが、川柳としてはふさわしい。それは<ruby>御天道<rt>おてんとう</rt></ruby>様と同じく、正義も悪も等しく照らすからである。

孝行のしたい時には親はなし　　古

> When we want to cherish
> 　　Our parents,
> They are no more.

　これが真実なら痛ましいけれど、われわれ親としては、手遅れになるまで子供は親を大事にしようとという気がないけれど、この世からいなくなったらそうでもないなら、われわれはじっと我慢するしかないのだろう。

いつまでも生きてゐる気の顔ばかり　　新平

> From their faces,

They are going to live

For ever.   *Shimpei*

　これは非常に先鋭な風刺なので、だからこそ全くもって悲劇的である。

重役の椅子へその気で掛けてみる　　　明烏

Sitting down

In the director's chair,

Feeling himself to be a director.　　*Akegarasu*

　重役でも、椅子がないなら、自分がもっとずっと小さい男だと感じてしまうだろう。

黒ン坊が黒ン坊を生んで安心し　　　左楽

A negress

Feels relieved,

Giving birth to a negro.　　*Saraku*

　生まれた赤ん坊が、父親に似ているのを見てほっとするのは、母親みんなの思いである。保証ができようとできまいと、とりあえず疑念が彼女にふりかかることはないからである。

横柄に返し今度は借りない気　　　青天

Paying it back haughtily,

Intending

Never to borrow again.　　*Seiten*

　借金をするときは弱腰なのに、返すときは自分の力を過信しているのか、これが横柄に見える。われわれはまた、二度と再びお金なんぞ借りに行かないという錯覚を起こすものである。

新聞を見ながら社長聞いてゐる

変柳

> The president
>   Listens,
>   Reading the newspaper.   *Henryu*

部下が、なにか報告をしている。彼は真剣そのもので、全力を尽くしているのが、汗だくであることからもよくわかる。社長の方は、相手のことばにもまるで上の空で、横柄に構えている。

芝居見た晩は亭主が嫌になり   半文錢

> The night
>   She goes to the theatre,
>   She dislikes her husband.   *Hammonsen*

女房が芝居のすばらしい主役を見て、自分のちんちくりんの亭主と比べると、もう一瞬たりとも生活を共にしたくないとまで思ってしまう。しかし女房が忘れているのは、彼女も芝居の女主人公とは似ても似つかないということである。

戸をあけておやおやおやと雪の朝   古

> Opening the door and, —
>   "Oh! Oh! Oh!"
>   A morning of snow.

この川柳は、安原貞室（1610-73）の以下の俳句のパロディである。

これはこれはとばかり花の吉野山   貞室

> "Well! Well!"

Was all I could say, —

    Flowery Mountains of Yoshino.   *Teishitsu*

　貞室のこの俳句は、有名な割に、お世辞にも優れているといえ
ない。川柳としては成立しないものの、俳句なら月並みな部類と
いったところだろう。川柳には、庶民が理解できるところまで
もっていける経験の積み重ねが、必要となってくるのである。

月給日明るい街へふと曲り　　　武骨

  Salary day;

    Involuntarily

  He turns the corner into the street of lights.

                    Bukotsu

　彼は、この酒場やカフェや洋食屋や待合、
等の並んでいる街へ行くつもりはなかった。
突然、その角を曲がったのは、彼のポケット
の中のお金のせいでもなかった。それは必然
のことで、初めからすべて決まっていたことなのである。

　つなぐ手のはづかしい程月が冴え　　　よしの

  The moon was so bright

    As to make us feel shy,

  Holding hands.   *Yoshino*

　これは、月の光を主題にしている点で、俳句に接近している。
しかし作者は、月の美しさよりも、恋人たちの恥じらいと当惑の
方がずっと重要だと考えており、月の光は、単に人間の心の奥底
を覗き見する手段として、使われているにすぎない。これぞ川柳
なのである。

ほころびの中炬燵から首が生へ　　古

> While the tear was being mended,
>> A head
> Grew out of the *kotatsu*.

　炬燵は、やぐらを置き、やぐらの底に板を張って、これに火入れを置いて、やぐらに布団を掛けたものである。子供が帰ってきて、母は服の綻びを見つけ、その服を脱がせる。子供は別の服を着るのも面倒なので、炬燵にもぐって、母の縫物がすむのを待っていたが、だんだん我慢の限界に達してきて、「まだ終わらない、おかあさん？」と声をかける。挿絵は、炬燵布団から首だけ出して待っている子供の姿。

懐が寂しく下宿月を見る　　雨吉

> His purse is lonely,
>> So the lodger
> Gazes up at the moon.　　*Amekichi*

　男はお金もないので、お酒も遊びも縁がない。なんにもないので、せめて月をながめ風流を感じることで、自分を慰める。ここには、ひとり身の貧しい下宿人の滑稽な描写と典雅な芸術・音楽・詩歌への風刺も働いている。芸術も音楽も詩歌も、自分たちが最高だと思い込んでいるからである。

お前がた本降りぢやにとじやまがられ　　古

"Say, it's coming down in earnest now," —
　　And they were treated
　　As a nuisance.

ひとが何人か軒下に立っていると、家
の中からひとが出てきて、そこから退せ
ようとして、「晴れそうもないですよ」
という。

死所をきめて二人は無言なり　　　円碧

　　The place of suicide being decided,
　　　　There is nothing left
　　To say.　　*Empeki*

ことばは不思議なものである。ある老師が語って
くれたことばがある。

知人不言、
有言不知。

（知ってる人は言わない、言う人は知らない。）

死ぬ場所と方法が決まれば、ことばは無用である。
いままで多くを語り、涙を流し、約束をかわした恋人たちは、い
ま無言のまま散ってゆく。

はだかにて起きるが蚊帳のつりはじめ　　古

　　Getting up naked,
　　　　And putting the mosquito-net up
　　The first time.

蚊帳を吊ったり畳んだりするのは大仕事なので、
できるだけ長くそれを先延ばしにする。寝床に
入ってみたものの、蚊にあちこち咬まれてしまい、

真夜中に起きて、蚊帳を吊るはめになる。

書置きはめつかりやすい所へおき　　古

> The farewell note,
>> Left
> Where it can be easily found.

　自殺者であっても、やはり、後に残
されるひとびとの心の中に、いつまで
も生きていたいと思う。死ぬことでさえ、
気取らずに死ぬというのは難しい。

いさましく辻で別れた俄雨（にわかあめ）　　縁郎

> The shower
>> Makes us part at the cross-ways,
> Bravely. *Enro*

　いちばん簡単な別れは難しい。それで
も、恋人たちでさえ、にわか雨にあうと、
そそくさと別れる。

生活

自転車の両足はづす水溜り　　　朱渓

> On a bicycle,
>> Lifting up both legs,
>> Through a puddle.　　*Shukei*

これは、純然たる絵画的価値を持つ句である。そしてお花見と同じくだれもが必見の経験を映し出している。身体的な技術ゆえ、特別な意味を持つ離れ業である。

聞いたかと問われ食つたかと答へ　　　古

> "Did you hear it?"
>> Is the question, and the answer,
> "Have you eaten any?"

これは、山口素堂（1642-1716）の有名な俳句を、川柳に応用したものである。

目に青葉山ほととぎす初鰹　　　素堂

>> To the eye, green leaves,
> The mountain cuckoo,
>> The first bonito!　　*Sodo*

「ホトトギスの鳴くのを聞いたかね？」と聞かれて、「もう初鰹を食べたかい？」と答える。川柳は、意図的に俳句の「詩的」要素を避け、リズムとメロディの音楽性は失われているが、素堂の句に勝る簡潔さと対照を獲得している。

涼み台又はじまつた星の論　　古

    The cooling bench;
      Again has begun
    The star-argument.

　ある夏の夕方、風通しの良い場所で、縁台にすわって涼をとる。別にすることもなく、眺めるのは星しかないので、二人の話題はいつも星の名前や運行についての議論に終始する。

月へ投げ草へ捨てたる踊りの手　　古

  Throwing them up to the moon, ——
    Throwing them down on the grass, ——
  The hands of the dancers.

　盆踊りのような庶民的な踊りで、踊り手は、この川柳に描かれているように、手を上に挙げたり下ろしたりする。百聞は一見に如かずである。
　盆踊りは、盂蘭盆の七月十三日から十六日の夕方にかけて、精霊を迎え慰めるために、村の神社の境内などで開かれる。老若男女が、輪になって踊り、涼をとりながら楽しむ。

様々な人が通つて日が暮れる　　古

  All kinds of people passing,
    The day
  Draws to its close.

　この川柳の乾いたスタイル、直截性、「無意味」性に、深い詩的なものが潜んでいる。それはディケンズの人情とハーディ

（1840-1928）の運命とが入り混じっている。

道頓堀の雨に別れて以来なり　　水府

> We parted then,
> In the rain
> At Dotombori.　*Suifu*

道頓堀は大阪のもっとも賑やかな通りである。
この川柳は、男の女への愛情が、大阪への愛着
と相俟って、心の雨に打たれている。

炭団屋（たどんや）の女房の顔は白く見え　　古

> The face of the wife
> Of the charcoal-ball maker,
> Looks white.

主人の真黒な炭のような顔と比べる
と、女房は真白い色白に見える。この
句は、まさに印象主義的で、知的な要
素には欠けている。

奉迎の鼻先きへ来る馬の尻　　剣花坊

> Welcoming the Emperor, ─
> Right in front of my nose,
> A horse's hindquarters.　*Kenkabo*

これは社会主義的あるいは共産主義的な詩歌ではない。天皇の
御一行を奉迎しているとき、憲兵の馬が邪魔で行列が見えない運
命のいたずらに対する、やるせなさが描かれている。馬の尻とい
うのが、傷ついた心にさらに塩をすりこむようなものである。

つくばつた話は土へ何か書き　　古

    Squatting talking,

       They are writing something or other

    On the ground.

　　日本人の男どうしで、しばらく立ち話を
　　していると、疲れてきてしゃがみこむこと
になる。やがてしゃべり疲れてくると、地面が書き物台に見えて
くる。二人とも棒きれか小石を拾って、文字を書いたり図形を描
いたりして、もうしゃべるのはこりごりといったようす。

夜釣ふと月の丸さに口をきき　　清美

    Fishing at night;

       Calling out to someone suddenly,

    "How round the moon is!"　　*Kiyomi*

　　月明かりの中、ひとりの男が釣りをし
ていて、もう少し離れたところでも、釣
りをしているひとがいる。あたりは静寂
そのもので、月は夜空の真ん中で真昼の
ように輝いている。彼はもうひとりの釣
り人に向かって話しかけないではいられ
なくなった。この句が、俳句と区別される点は、ことばそのもの
である。この句の文字通り「月の丸さ」がそれである。この男は
詩人ではないが、丸い玲瓏な美しい月に感応する鋭い感受性を
持った詩心のあるひとなのである。

時雨るる空にあかい吉原　　古

    Cold winter rain

      In the sky

    The red Yoshiwara.

この句の省略法は、原文がさらに続いて、時雨と赤みがかった空とその下の吉原とを繋いで、読者にその後も読み取らせようとしている。そして、自然と人間の調和と、そこに道徳が割り込んでくるのが感じられる。さらに、はるか昔の江戸の庶民生活が、小雨に煙る赤い空にわれわれを誘ってくれる。

めしつぶはひとが教える鼻の先　　　剣花坊

    Somebody says,
      "You've got a bit of rice
    On the end of your nose."　　*Kenkabo*

　こういわれて、狼狽もせず、いらだちも、自意識過剰も、戯れも、恥ずかしさもなく、素のままでいられるひとが、この世にいるだろうか？

帯を撫で鏡を見また帯を撫で　　　剣花坊

    She strokes her *obi*;
      Looks in the glass,
    And strokes it again.　　*Kenkabo*

　女性が、なぜ髪をなでつけたり着物に不必要で無駄に思えることをするのか、男には永遠の謎である。帯は着物の上から腰に巻いて結ぶ細長い布。

涼み台うしろでがまが聴いてゐる　　　三太郎

    On the cooling bench;
      Behind them
    A toad is listening.　　*Santaro*

　蝦蟇^{がまがえる}も、蛙と同じように、いつもじっと見つめて、聴き入っている恰好をしている。二人が涼み台に腰を下して話しているが、

結局くだらないことをしゃべっては無駄に時間を過ごしている。彼らがこう感じるのは、話を聞かれていることに気づいたときである。

二階から落たさいごのにぎやかさ　　古

> Falling downstairs, —
>> There is a mortal
> Uproar!

だれかが落ちて、「ドタ、ドタ、ドタ、ドン！」というすさまじい音がする。「なにがあった？」「水をもってきて！」「お医者さんを呼んで！」「急いで！急いで！」。この句の「さいごのにぎやかさ」と呼ぶ、てんやわんやの大騒ぎである。

据風呂に下女がゐるうち春になり　　古

> While the servant
>> Is in the bath-tub,
> It becomes spring.

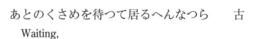

冬の間、下女の唯一の楽しみは、お風呂に入ることである。この日は大晦日なので、みんなが入った後、極楽のお湯につかって、茹で蛸のように真っ赤になって、ゆく年くる年を反芻し、命令を下すものはだれもいないので、心身ともにくつろいでいられる。いまは午前一時か二時ごろで、もう新しい年の春の第一日目を迎える。

あとのくさめを待つて居るへんなつら　　古

> Waiting,
>> For the next sneeze, —
> What a funny face!

キリストであろうとお釈迦さまであろうと、くしゃみをするときは、普通の人となんら変わらない。

探し出す度伸びあがる猿轡　　　古

> Every time he brings something out,
> 　She sits up,
> Gagged.

　泥棒は、おかみさんを後ろ手に縛り猿轡を噛ませた。彼女は背筋を伸ばし、泥棒が箪笥の引き出しから取り出すものを見ようと首を伸ばすが、がっくりと肩を落とすのが関の山である。この句は、圧縮性が優れた傑作で、盗人の冷徹な無頓着と盗まれる者の口を封じられた錯乱ぶりを、うまく伝えている。

女客亭主起つたり居たりする　　　古

> A lady visitor;
> 　The host keeps
> Getting up and sitting down.

　普通のお客さんが来ているときは、妻か女中にああしろこうしろと命じるが、女のお客さんのときは、勝手が違うのか、亭主はかえってまごつき興奮気味である。

指先きも考えてゐる将棋盤　　　桃太郎

> At the chess-board,
> 　The fingers too
> Are thinking.　　*Momotaro*

　駒を持ったまま、身動きもせずに黙っているその手も、考えているみたいである。

部屋中へ大の字になる読疲れ　　陽気坊

> Tired after reading,
>> Stretching out his arms and legs
> All over the room.　　*Yokibo*

　この川柳の要諦は、おそらく五・七・五の初五「部屋中へ」が効果的に働いて、解放感が心身ともに広がって部屋中を満たし、さらに部屋から溢れ出てゆくように見えるのが、興味深い。

　昼買つた蛍を隅へ持つてゆき　　古

> Going into a corner,
>> With a firefly
> Bought in the day-time.

　夕方まで待てず、女は蛍籠を部屋のいちばん暗い所を探して持っていき、かわいらしいほのかなその光を愛でる。この句の長所は、待ち遠しさを巧みに表現しているのと、直接に「暗さ」に言及していない点である。

　猿轡和尚を始めたてまつり　　古

> Gagging them,
>> Beginning with
> His Eminence the Abbot.

　この句の滑稽味は、和尚に猿轡をはめながら、つい敬語を使ってしまう。これにふさわしい箴言がある。

> 同じは違う、
> 違うは同じ。

　身分の高い者も低い者も、お寺の者みんなが猿轡をはめられた

が、身分の順番に、まず和尚が最初に猿轡を噛まされる。畏敬の念からか、口には洗濯用石鹸ではなく、香りのよい洗顔石鹸が突っ込まれていたらしい。

交番へ本来空（ほんらいくう）が突き出され　　春雨

"All is originally emptiness"
Is handed over,
To the police station.　　*Harusame*

男が飲食店に入り、腹一杯飲み食いしたが、無一文だった。怒った店主は、男を交番に突き出して、たっぷり油をしぼってもらおうとした。これだけのことだが、川柳作家は禅のことば、すなわち、すべては本来空虚であり、本然の自己において空虚であることを、われわれに伝えようとしている。その男の財布も空であるから、店主が怒るのも無理はない。

これは、禅に対する辛辣な洞察力に富んだ批評である。禅そのものは、多くの教えを語りかけるが、日常生活では意外に役に立たないのかもしれない。

運勢を見てゐる中（うち）にすりに会ひ　　浦人

While having
His fortune told,
His pocket was picked.　　*Urato*

これは、馬鹿げた、はかない現世の素朴な人物画である。

怒鳴られたところへ西瓜置いて逃げ　　夜叉女

　　Throwing away the melon
　　　Where he was shouted at,
　　And running off.　　*Yashame*

　われわれの罪の意識はほとんど物質的なもの
に偏っており、盗んでいるのを見つかると同時
に、盗んだものをついその場に置いていくとい
うことに、この川柳の要がある。

　　　　突然に引致をされる門構　　三太郎

　　　　　The house with a big gate;
　　　　　　Taken to the police-station
　　　　　Unexpectedly.　　*Santaro*

　われわれは富裕階級のひとは悪いことはしな
いという先入観を持ちがちである。この川柳は、
お金持ちの家の隣人や通行人にとっての型破り
な句である。

　　　吹きぶりのすぼめた傘に足が生へ　　かむろ

　　Driving rain;
　　　Legs growing out
　　Of a half-shut umbrella.　　*Kamuro*

　日本の傘は、風の中では、そんなに丈夫に
できていない。風がさらに強く吹くと、傘は
半ば閉じる作りになっている。この川柳は、
横なぐりの雨、半分閉じた傘、そこから人間
の足が突き出ている、等は浮世絵の小さな切
り抜きのようである。傘が、まるで二本足で
歩いているように見えるのが、面白い。

男めは逃げたそうなと菰をかけ　　古

> "It looks like the guy skipped,"
>> He says,
> And puts a straw mat over her.

　溺死か毒殺かで亡くなった女の死
体が見つかる。心中だったようにも
思えるが、男が女を殺害して逃亡し
た可能性が高いようだった。同心は
死体に菰筵をかけ、事件の子細につ
いて私見を述べる。

　土砂降りの中を自動車矢の如し　　感波

> The motor-car,
>> Through the torrential rain
> Like an arrow.　　*Kanpa*

　ひとりの男が、大雨の中びしょ濡れで、疲れ果て途方に暮れて、
とぼとぼ歩いている。ある晴れの日に、自動車が水溜まりの水を
撥ね飛ばして、ヒューと通り過ぎる。そのとき男は、車の乗客に
対して賞賛や嫉妬の気持ちも、現代文明の利器に対する尊敬の念
も、持ち合わせぬ複雑な思いと、物質より目に見えない精神の力
［「矢の如し」は「光陰矢の如し」を典拠にして、「光陰」の時間や歳月を連
想させようとしている］をひしひしと痛感している。

自転車と話して忙しなく歩き　　松々

> Talking
> > With a bicycle,
> > Walking hurriedly.　*Shosho*

　自転車に乗っている友達と会って、彼
の方はできるだけ早歩きで話しかけ、か
たや自転車の友はできるだけゆっくりと
ペダルを踏み、話についていく。この句の「自転車と話して」は、
蕪村の次の俳句を典拠としている。

春雨やものがたり行く蓑と笠　　蕪村

> Spring rain;
> A straw rain-coat goes chatting
> > With a bamboo-hat.　*Buson*

普請場へ弁当跨ぎ跨ぎ来る　　きん坊

> To the place under construction
> > Comes the lunch-box,
> > Stepping over and over.　*Kinbo*

　大工が家を建てているところへ、彼の女
房がお昼に弁当を持ってくる。多くの材木
があちこちに置かれていて、彼女はそれを
何度も跨いで通らねばならない。この繰り
返しの行為は、なにか意味深い象徴的でき
わめて大切なもののように思える。

奉公の子にあつてゐる軒の闇　　○丸

> Talking with her child,
> > Apprenticed there,

In the darkness under the eaves.   *Reigan*

二人の人影が軒下でひそひそ話を始める。かぼそいその声の持ち主は、恋人同士でなく、母と子である。母が矢継ぎ早にたずねる。「お家(うち)のひとにやさしくしてもらってる？ちゃんと食べてる？顔色がちょっと悪そうよ。お勤めはどう？」。子が一所懸命こたえるのを、母は心配と希望を胸に、じっと聴き入っている。

吠えられて出鱈目の名を呼んで見る　　紅衣

> Being barked at,
> 　Trying
> Some random names.　　*Koi*

犬が猛烈な勢いで吠えたてるので、ともかくなんとかなだめようと、思いついた名前で犬に呼びかけてみる。「スポット」「ジョン」「ママデューク」などなど。

自転車の野次馬が来る昼の火事　　眉丈

> A fire in the day-time;
> 　Roosters come
> On bicycles.　　*Bijo*

江戸時代から脈々と続く、火事場見物を好む野次馬根性は、日本人の血に流れているといえるのかもしれない。それをサディズムと呼ぶには、ことばが

適切ではないかもしれない。自転車に乗っている連中が運がいい
のは、煙が立ち上り、半鐘の鐘が鳴る方向へペダルを踏んで、全
速力で走れば目的地にたどり着けるからである。

電話口から打つ釘を止めさせる　　　右近

> Telephoning,
>> Getting someone to stop
> Driving in a nail.　　*Ukon*

激しい騒音の中でも電話が
できるひともいれば、完全な

静けさの中でしか電話できないひともいる。この川柳の要点は、
おそらく電話中に片方の耳で傾聴しながら、相手の耳元の騒音を
止めてもらおうか迷って、心が引き裂かれる状態になる。俳句と
は際立った対照であるが、禅がいかに欠如しているかが川柳の本
当の主題である。その良い具体例であるといえよう。

野雪隠はるかに宵の火事が見え　　　大東園
（の せっちん）

> Excreting in the field,
>> Looking at a fire at night
> In the distance.　　*Daitoen*

この川柳では、本来は不浄な行為が詩的に浄化されている。あ
る寒い冬の夜、空は晴れ渡り、星はきらきら輝いている。凍った
野原にぼんやりとしゃがんでいると、は
るかかなたに火の手が見え、半鐘が
鳴り響く。この川柳には、濃淡の
変化の度合いが基調となって
いる。排泄行為、野原、火
事、距離、夜。

自動車で見ればみじめな人通り　　錦浪

> Looking from the motor-car,
> 　The people going by
> Are a miserable sight.　　*Kinro*

　当時は、自動車に乗っただけで殿様に
なった気分で、舗道に群がるひとびとが虫
の大群に見えたり、自分よりも劣った生き
物にさえ見える傍若無人ぶりであった。

駈落の其夜名所へ来て泊り　　非水

> The first night,
> 　The elopers
> Stay at the beautiful place.　　*Hisui*

　駈落ちした二人は、別に計画があ
るわけでもないし、行くところが決
まっているわけでもない。後ほど事
務的なことはどうしても考えることになるだろうが、いまはただ
興奮の坩堝と化して、二人のロマンティックな気分に合う場所へ
と自然と引き寄せられていく。R. L. スティーヴンソンもいって
いるように、時と場所には適宜というものがある。

巻煙草しかめつ面で玉を突き　　武将

> With a cigarette in mouth,
> 　His face screwed up,
> Playing billiards.　　*Busho*

　同時に二つのことをすると、心身ともに特別な「人間的」状態
を絶えず生み出すものである。ここで男はビリヤードにのめり込
みながら、くわえ煙草の不便さを感じていない顔に整えることに
も心血を注がねばならない。

泣き別れ赤帽はセツセツと運び　　　映糸

The tearful parting,
　　The porter carrying their things
Busily. 　*Eishi*

二人の心はいまや張り裂けんばかりなのに、人類の残りの連中は二人の苦悶には全く関係ないかのように自分のことに忙しい。世界のいたるところ、このような風景に出くわす。そんな中、赤帽（ポーター）は、二人にとっても、またわれわれにとっても、避けられない無慈悲の運命を体現している存在のように感じられる。

旅人が旅人起す海が見え　　　朝旨

One traveller,
　　Wakes another traveller, ―
At the sight of the sea. 　*Choshi*

俳句と川柳の相違がはっきりとわかる、川柳の句がここにある。早朝の海の景色を見て、だれかが旅の仲間を起こしているが、川柳を読む者の心に残るのは、朝の太陽が水平線に上る海の輝きではなく、旅人が見ず知らずの別の旅人から起こされることである。自然のひとつの触れ合いを媒介にして、ひととひとの親密な関係が生まれるのを痛感する。

旅迎ひ子ととりかへる三度笠　　　古

Coming back from a journey,
　　He exchanges his *sandogasa*

For his child.

女房と子は、旅から帰った亭主を出迎えた。
旦那は笠を女房に渡して子供を抱き上げる。
夫婦の間には、いわゆる阿吽の呼吸があって、
両者は口に出す必要もなく心で会話がすで
に交わされているのである。

骨揚げに泣きなき金歯探して居　　飴ン坊

> Gathering together the ashes,
>> Weeping, weeping,
> Looking for the gold teeth.　*Amenbo*

これは冗談でなく、人生に関するまさ
に真実である。われわれは神を愛する。
しかしそうするためには日々の糧を得な

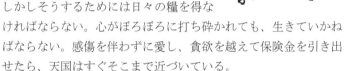

ければならない。心がぼろぼろに打ち砕かれても、生きていかね
ばならない。感傷を伴わずに愛し、貪欲を越えて保険金を引き出
せたら、天国はすぐそこまで近づいている。

ダイヤの手出されて覗く切符売り　　雨花

> A hand with a diamond put there, —
>> And the box-office girl
> Peeps out.　*Uka*

この川柳についてはいうことはなにもない。
これが現実で、世の常だろう。

本部屋は木魚のように坐らせる　　みはる

> The Original Room;
>> He is sat there
> Like a wooden gong.　*Miharu*

吉原には「廻し部屋」［遊女が一時に二人以上の客をとったとき、後の客を入れる部屋］と「本部屋」［控えの間、または次の間に対する本部屋］との二通りの部屋がある。お金の乏しい客は廻し部屋に案内され、遊女がまわってくるまでそこで待たされる。本部屋とは遊女が寝る部屋のことで、こちらはお金がもっとかかり、客は木魚の下に敷くような厚手の柔らかい座布団にすわった。

そもそもどうらくの始（はじま）りは夜桜なり　　古

First of all,
　　The beginning of dissipation, —
　　Cherry blossoms at night.

吉原大門へと至る日本堤（にほんづつみ）には、美しい桜の木が植えられていた。江戸の庶民は夜桜見物に出かけたが、夜桜の美しさだけに満足できない者は、もうひとつに導かれ、ほんの目と鼻の先の場所へと心移りする。

妓夫台（ぎふだい）で救世軍を持て余し　　三太郎

At the Yoshiwara information desk,
　　Not knowing what to do
　　With the Salvation Army.　　*Santaro*

救世軍のひとが遊女屋の表に来て、まわりにいるひとびとに説教を始め、女性の体をお金で売るのは罪だと弾劾する。あまりにも熱烈で献身的なためか、お店の者は追い返せずに当惑しきっている。

落日に紅のでる仲の町　　古

> After the sun has set,
>> Crimson blooms
> The Nakanocho.

「仲の町」は、吉原の中央部をまっすぐに貫く大通りの名前で、町名ではない。あたりが暗くなると、夕日が沈む前、引手茶屋の赤い灯籠に火が灯り、通りは明るく賑わいを見せる。

人間が寄つて群つて貨車一つ　　凡柳

> Human beings
>> Crowding together,
> And one goods-wagon.　　*Bonryu*

鉄道員たちが大勢集まって、一台の貨車のまわりを取り囲んで、押していこうとしている。いうまでもなく、人間の手で作られたものに比べて、いかに人間が脆弱であるかを痛感する。

妙薬をあければ中は小判なり　　古

> Opening it,
>> The excellent remedy
> Is a *koban*!

病人が、あらゆる病の特効薬といわれ、包み紙にくるんだ贈り物をもらった。開けてみると、そこには小判が一枚燦然と輝いていた。

偽りの世を鉄橋の下から見　　　路郎

> Looking out
> 　At this world of lies,
> 　From under a railway bridge. 　*Jiro*

鉄橋の下の粗末な荒屋(あばらや)に住んでいる男
からすると、彼から見えるキリスト教世界
も仏教界も、多かれ少なかれ、偽善と欺瞞
の世界に映るのも無理もない。

どの湯へも一(ひ)ト廻り入る敵討(かたきうち)　　　古

> Revenge! ―
> 　　Going round,
> 　　All the bath-houses.

　息子が父の仇を探して、とある地方を歩
き回っていた。町の温泉旅館が、人探しに
はもってこいの場所であった。だれもがそ
こに立ち寄るし、そこではくつろいで、疑
心暗鬼になる心も吹き飛んでしまうからか、
仇討ちのたまり場となっているのも奇妙な現象なのである。

二三票芸者の腕も数に入れ　　　黙龍

> Two or three votes
> 　Included
> By the geisha's cleverness. 　*Mokuryu*

これは選挙への風刺である。政治家に
はお気に入りの芸者がいて、彼女に自分
の票集めを頼むという、ごくありふれた
風景。

女湯へ男の覗く急な用　　古

A man
　　Peeping in the women's bath-house, —
Some urgent business.

　女房が銭湯に出かけているとき、予期せ
ぬことが起きる。亭主は女房を呼びに家を
飛び出す。銭湯についたものの、女房を捜
してすぐに家に戻るように伝えるとき、他
人の目が気になるのは避けられない。

みすぼらし過ぎて孤児院断られ　　京三郎

He looks so seedy,
　　He is refused
The orphanage.　　*Kyozaburo*

　この川柳は、どういうわけか、アメリカ
の教会のことを思い出す。そこでは、「祈
祷室はすべてのひとを歓迎します」と書い
ておきながら――「ただし黒人は除く」と
続く矛盾。

瞑目をして相対す薬風呂　　五葉

Facing each other,
　　With eyes shut,
In the medicated bath.　　*Goyo*

　日本の銭湯は、かなり騒々しい公共の
場である。ひとびとは、熱い湯を大いに
楽しむ。しかし薬風呂［薬湯］は別である。そこは病人や老人が
利用する。彼らは、向かい合ってお湯につかり、目を閉じて無言
のまま、ただ気持ちよさだけを感じ取ろうと集中する。

立候補妾の家に仮事務所　　　苦楽

> The candidate
> Sets up his temporary office
> In his concubine's house.　*Kuraku*

これはおそらく 1920 年代終りから
30 年代終り頃の話だろうが、将来の
下院議員を望む政治家の典型を描いて
いる。財を成した後は、ひとは国会議
員になる栄誉を手にしたいと望む。同時に、妾を囲い、恥も外聞
もなく、選挙中に妾の家を仮選挙事務所として使う。

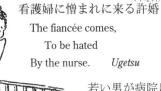

看護婦に憎まれに来る許婚^(いいなずけ)　　　雨月

> The fiancée comes,
> To be hated
> By the nurse.　*Ugetsu*

　若い男が病院に入院していて、あ
る看護婦が彼に気があった。彼の許
婚が見舞いに来ると、その看護婦の
敵意がむき出しになる。
　この川柳の美点は、婉曲表現が用
いられ、看護婦の病人への愛には直接言及していないからである。

壁越しに家賃のあがる事をきゝ　　　寛汀

> Hearing,
> Through the wall,
> That the rent is raised.　*Kantei*

大家さんの声が壁越しに聞こえ
て、家賃を上げないわけにはいか
ないといっている。薄板のような

漆喰の壁だったので、耳をそばだてて聞きたくないことをやっと
聞き終えると、痛ましい感情が顔に刻まれていた。

　　門前の小僧習はぬ経をよむ　　　古

　　　　The boy living in front of the temple,
　　　　　　Learns the sutras
　　　　He was never taught.

　お寺で遊んでいる子供が、小僧さんたちが毎日唱えているお経
を聞いて、いつのまにかそらで覚えてしまった。日々の生活で、
環境の力の大きさを説いたこの川柳を、日本人はふつう諺として
使っている。

　　女の子あごで喧嘩をしてかへり　　　冷芳

　　　　　　　The girls
　　　　　　　　Quarrel with their chins,
　　　　　　And she goes home.　　*Reiho*

　日本人にとって、顎は表情に富んで
いる。顎でものを指したり示したり、尺八を吹い
たりする。女の子の場合、特に口喧嘩をするとき、
拳ではなく口を使うのだが、そのときの顎の使
いっぷりは、男の子と比べると、みごとというほ
かない。

　　桂庵（けいあん）の二階から見る屋根の数　　　春雨

　　From upstairs
　　　　In the Employment Agency,
　　How many roofs!　　*Harusame*

職が見つかるまで、桂庵〔奉公口の
周旋を職業とする家。口入屋とも呼ばれ

る〕の二階に泊まっている者が、窓の外を見て、あれほど家がた
くさんあるのだからどこかで雇ってくれそうなものと考える。

夜の街そのつきあたり電車行く　　芝有

    A street at night;
      At the end,
    A tram passes.　　*Shiyu*

この句は、簡潔性が際立っていて、川柳というより俳句に近い。
暗く長い通りを歩いていると、突然はるか遠くに明かりの灯った
路面電車が通り過ぎてゆく。この瞬間、人間の温かさと孤独感の
入り混じった感情が、心に湧きおこる。

大金庫運ぶ人夫はありのやう　　よしを

    The men
      Moving the great safe,
    Look like ants.　　*Yoshio*

仕事の大変さが大きくなればなる
ほど、一人ひとりの人間の力はどん
どん小さくなって、より無力になっ
てくるのが、この句のいいたいことであろう。

十年も前の心を帯に見る　　漿果

    Looking at herself
      Of ten years before,
    In the *obi*.　　*Shoka*

彼女は、かなり長い間、その帯を箪笥
から出していなかった。あらためて眺め
てみると、いまはもう過ぎ去ってしまっ
た、人生、感動、若さを思い出す。

ラブシーンどこかラムネの落ちた音　　塊人

> A love-scene;
>> Somewhere, the clatter
> Of a falling lemonade bottle.　*Kaijin*

これは、ある種典型的な川柳である。もう少し深く、おそらく深すぎるくらい考えてみると、映画や芝居の中のラブシーンはまさに均整のとれた完全な「自然」の現れである。そこにガチャンというラムネの壜が落ちた音の不協和音と矛盾は「人間」のしわざである。

貧しさも余りの果^{はて}は笑ひ合ひ　　雉子郎

> Poverty also,
>> In excess, ―
> And they laugh together.　*Kijiro*

両極端は相通じるものである。過度の喜びは涙をもたらし、またここにあるように、過度の不幸はひとを陽気にする。この夫婦は赤貧洗うがごとしだが、妻が「盗難を恐がる必要がないわ」といえば、夫は「泥棒が入ったらなにか置いていってくれるかもな」といって、二人で笑い合っている。

血判^{けっぱん}の艶書^{えんしょ}に女優梨をむき　　交白

> The actress
>> Peels a pear,
> On the love-letter sealed with blood.
>> *Kohaku*

庶民が、起請文^{きしょうもん}や艶書に血判を押すのが、ごく普通だった時代があった。論理的にいって、女優がそんな恋文に気にも

かけずにいるのはまさに正しいが、彼女のうぬぼれた、傲慢で冷たい顔つきは、彼女が正しいことにおいて間違っていることを表している。

借りたのを絶交状に封じ込み　　柳珍堂

He puts the money he borrowed,
　In the letter
Breaking off friendship.　*Ryuchindo*

　　知人との関係を断って、借りたお金を送り返そうとしても、その知人の思いやりを跡形もなく消し去ることはできないから、そういう文面を書こうとしている書き手の複雑な心理が、この句のポイントである。ひとことでいえば、封筒の垂れ蓋の部分を舐めているとき、自分がさもしい愚か者と感じないではいられないのである。

　こま犬の顔を見合はぬ十五日　　　古

The Fifteenth,
　When the Korean Dogs
Cannot see each other.

　婉曲表現は、俳句と同じく川柳でも多く用いられる。赤坂日枝神社の山王祭は六月十五日、神田明神の神田祭は九月十五日、江戸の二大祭礼の十五日は大賑わいとなる。拝殿の前の一対の狛犬が、参詣人の混雑、露店、そして幟で、たがいの顔を見合うことができない。

　大臣になる気東京駅につき　　　飴ン坊

Intending to become
　A Minister of State,

He reaches Tokyo Station.

Amenbo

　貧しい田舎の少年が東京駅に着
く。これは総理大臣になるための
第一歩である。この川柳は、その
皮肉の中に憂いを含んでいる。

　死んだ子とおんなじ服で悔みに来(き)　　三紘

　　Calling to offer condolences,
　　　And bringing a child dressed
　　Like the dead child.　　*Sangen*

　これは、泣面に蜂が刺すである。

　長い文(ふみ)なにかニコニコ巻き納め　　角恋坊

　　The long letter;
　　　Smiling at something or other,
　　He rolls it up.　　*Kakurenbo*

　これは日本の長い巻紙の手紙で、横向きに
広げたり巻き取ったりする。読みながら広げ
てゆき、読んだところは巻き取るというもの。
　この句の登場人物が、モナ・リザのような微笑を浮かべて笑っ
ているものが、なんなのかわからないし知りたいとも思わないが、
彼がなにがしかのものを味わっているのを見ると、われわれの口
元もなにげなくぴくっと動くのをやめられないのである。

　捨てられも出来ぬ手紙のしわを伸し　　喜彦

　　A letter that after all
　　　Can't be thrown away;
　　Smoothing out the creases.　　*Yoshihiko*

ここにまた、あまりに人間的な優柔不断な心、すなわち物への執着とそれから自由になりたい欲望との板挟みを、目の当たりにする。

　　立話一人しやがむと又しやがみ　　叱咤郎

　　　Standing talking,
　　　　One squats,
　　And again squats.　　*Shittaro*

　二人の男が話に夢中になっているうち、片方がしゃがみこむと、相手もそれにつられてしゃがんでしまう。これが阿吽の呼吸というやつかもしれない。

　　子の内の片輪にゆづる水車　　　古

　　Among his children,
　　　To the cripple
　　He gives the water-wheel.

　老人が死の床で財産の分配のことを考えている。熟慮の末、身障者の息子には、彼が使える唯一のものなので、水車を譲ることにした。この句は、人間性のいかなるものでも無にすることのない、川柳の「冷徹さ」を明らかにしている。

　　　仏壇へ博士になった事を告げ　　尺魔

　　Making known
　　　At the Buddhist family altar,
　　That he has received a doctorate.　　*Shakuma*

　　　　若者の両親は、馬車馬のように働いて、息子が博士になるのをすべての面で支えてきたが、息子がそうな

る前に、亡くなってしまった。この句には、ある種の悲劇的な皮肉と感傷主義から救ってくれるユーモアがある。

自転車で風の神程ふくらませ　　夜叉郎

On the bicycle,
　　He inflates his back
Like the wind god.　*Yasharo*

日本には古くから、風袋(かざぶくろ)をかつぎ天空を駆ける風神と呼ばれる神がいた。自転車に乗っているひとが、スピードを上げて走ると、風が上着をふくらませ、まるで背中に風神の風袋をしょっているように見える。

臍繰(へそく)りは闇から闇へ貸倒れ　　春雨

Her savings,
　　From darkness to darkness,
Have become bad debts.　*Harusame*

この句のもっとも興味深い点は、日本語の「臍繰り」ということばである。これは文字通り、「へそを繰ってためたお金」の短縮形で、「節約して、帯(おび)の下に隠してためたお金」のことである。たとえば、道楽息子が母親からこのようなお金を借りて、母親に戻ったためしは一度もない。この句の「闇」ということばが、母親の「秘密の節約と息子への秘密裡の譲渡」を暗示している。

投売りの玩具へ大人ばかり寄り
　　　　　　　　　維想楼

At the bargain sale of toys,
　　Adults only
Gather.　*Isoro*

親たちは、頭の中は値段のことしかないので、安いものがあれ
ばそこは親たちでごったがえす。

　不景気のどん底なれど花は咲き　　　剣花坊

> Business at its lowest ebb, —
>> But the cherry blossoms
> Come out just the same.　　*Kenkabo*

　この句のユーモアは、浮世の人情というものにドライに対処す
るよう呼びかける。ユーモアが乾きすぎているためか、そのぶん
詩情を殺しているといえるかもしれない。

　庭いぢり仏いぢりに日の長さ　　　剣花坊

> Fiddling with the garden,
>> Fiddling with the family altar, —
> The length of the day!　　*Kenkabo*

　おばあさんが庭の手入れをし、仏壇の掃除を
しお経を上げるが、上出来とまではいかない。
そのほかにすることもないので、一日が長すぎ
る。日の長さを主題にするのは俳句にもあるが、
俳句は一日の長さの感覚をあつかうが、川柳は
もっと広く、人生の長さの倦怠をあぶりだす。

空をねめねめ弁当を内で食い　　　古

    Scowling at the sky,
       Eating their lunch-basket
    At home.

　家族でピクニックに出かけたかった
が、雨が降ってきた。しかたなく家の
中でお弁当を広げて食べることにした
ものの、窓ガラスに叩きつける雨を何
度も睨みつける。

　　　馬の屁に四五人こまる渡し舟　　　古

    Four or five people,
      Inconvenienced
    By the horse farting on the
      ferry-boat.

　　　　　　これは、人前では口にし
　　　　たくない、「そんなことはな
　　　　かったかのようにしておく」
べき、下品な小話である。しかし川柳作家は、それを経験し、心
に刻んで、それを紙に移す。それが生活上のいやな体験であった
としても、切り取って記録するのが、川柳の精神なのである。

　　　保険屋と知らずに女中つゝましい　　　花瓢

    The servant is most respectful,
      Not knowing
    He is the insurance man.　　*Kahyo*

　この川柳をシェイクスピアが読んだなら、
きっと喜んで舞台に載せたいと思ったにちが
いない。

籠愛が過ぎて人形の首が抜け　　春夢

    Too much affection;
      The doll's head
    Has come off!　*Shunmu*

　おそらく、この句の中にたとえ話があるのだろう。たとえば……。

マラソンをからかふ様に電車ぬき　　汐路

    The tram outstrips
      The marathon runner,
    As though making fun of him.　*Shioji*

　たとえば、水泳競技で、競技者が自分の早歩きのペースより早く動いてないことに、われわれが気づくと、この句の意味もしみじみと伝わってくる。

祭りから戻ると連れた子をくばり　　古

    Coming back from the festival,
      Distributing
    The children he took.

　「くばり」という語句に、この句の妙がある。お祭りに連れて行った子供たちを、それぞれの家まで送り届けるのを「くばり」といういいかたをしているのが、おもしろい。

大欠伸棚の御神酒を見付出し　　古

    Yawning tremendously, ―
      And noticing the sake,
    On the family altar.

あくびをすると、両手で伸びをしたりして体に刺激が与えられ、心はいつもより感性が鋭敏になってくるので、前には見えなかったもの、あるいはすっかり忘れていたものに気づくことがある。

いゝ声で来た新内の眼が一つ　　維想楼

　　Coming along singing a *shinnai*
　　　In a charming voice,
　　She has only one eye.　*Isoro*

「新内」は浄瑠璃の一流派で、三味線を伴奏に流して歩く。

　これはどちらかというと冷酷な川柳であるが、この世は人情か薄情のどちらかで出来ている。この句は、常に経験を積んできた外側にあるものと内側にあるものとの対照を際立たせている。

立番巡査を写生して叱られる　　剣花坊

　　　　Drawing a picture
　　　　　Of the policeman on point-duty,
　　　　He was severely reprimanded.
　　　　　　　　　　Kenkabo

　　子供が、無邪気に交番の前の勤務中の警官の絵を、純粋な芸術の主題として描いている。しかし警官〔戦前の特高の警官〕は、自分の高位に対する侮辱としか受け取れず、怒り心頭に発す。

斎日の連れは大かた湯屋で出来　　古

　　Companions of the holiday,
　　　Are mostly decided

At the bath-house.

斎日〔正月十六日の「閻魔参り」（ゑんまの斎日）〕の前夜、大店の丁稚小僧などは銭湯に行き、斎日に郷里に帰る旅程や一人旅かどうかを話題にして、そこで旅の道連れが出来る。

あんまりな事に一人でふせて見る　　古

　　Too badly beaten,
　　　　He turns over the cards
　　By himself.

この川柳と一茶の俳句と比べてみるのも一興だろう。

負け菊をひとり見直す夕かな　　一茶

　　Losing at the chrysanthemum show,
　That evening
　　He looks at it again by himself.　　*Issa*

さらに、ダンテの『神曲』「煉獄篇」第六歌、1-3 行にも、上記の句に似た一節がある。

　　賭に負けた男は悲しみに暮れ
　　また骰子を投げるが
　　種を知っても時すでに遅し

内にかと言へばきのふの手を合せ　　古

　　"Are you at home?" he says;
　　　　For yesterday,
　　Hands clasped.

この句は曖昧でとらえどころがない。その背景は実はこうである。昨日、葬式の帰りに吉原へ繰り込んだ男が朝帰りして、昨夜は友人と一緒だったといいわけをした。ところが、その友人が「いるかい」と訪ねてくる。昨日のことが女房にばれると一大事

なので、目顔で知らせてそっと手を合わせる。友人は、心の中で
ニヤリと笑って、合点承知の助と無言の合図をする。[「きのうの
手」のいい回しが、きのうの葬式で手を合わせて拝んだのと、友人への他言
は無用というお願いのきょうの手を合わせるしぐさが重なって、そこがおかし
しい]

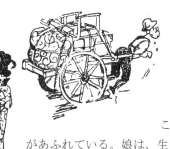

引越しのあとから娘猫を抱き
古

Behind the moving-cart
Comes the girl,
Carrying the kitten.

　引越しをしている一家がいる。
この句には、女性らしい優しさ
があふれている。娘は、生きている猫のほうが、荷車に
積んだがらくたの家具よりもはるかに大切だと、当然
思っている。

　有明の十六燭に朝の膳　　剣花坊

Under a night-light
Of 16 watts,
The breakfast table.　　*Kenkabo*

　庶民は貧乏にあえぎ、御天道様がまだ
顔を見せないうちから早起きしなければ
ならない。「有明」は、月が残っている
夜明けのころである。この家族は、わず
か16ワットの薄明りの中で、新しい一
日を開始する。この難儀な生活に、理想
とはかけ離れた現実があることに、滑稽
味がある。

足を上げさせる待合室のごみ　　秋渓

　　　The rubbish
　　　　Of the waiting room
　　Lifts up their legs.　　*Shukei*

　　待合室で、みんなすわって待っ
　　　ていると（日本人はみかんの皮
　　　をあちこち投げ捨てるのが得意
中の得意だ）、清掃係のおばさんが箒と塵取りを持ってやってく
る。みんなは、そのおばさんに長椅子の下を掃除してもらうのに、
ひとりひとり両足を宙に浮かせて持ち上げる。

　妹を連れてうるさい車中の眼　　東天紅

　　Going with my younger sister,
　　　The inquisition
　　Of the eyes of the train.　　*Totenko*

　汽車の中、ほかの乗客に見られて、
許嫁と一緒だと思われるというよりも
むしろ、ほかの乗客がどんなふうに思っ
ているのかが気になって、しまいには
ちがう自分に見えてしまうと思いこんでいる。

　法の声受状迄に行きとゞき　　　古

　　The voice of the Buddhist Law,
　　　Reaches as far as
　　The identity papers.

　官吏は請状〔身分証明書〕を携帯し、そこには宗教も明かされ、
すなわち仏教の宗派までも記され、それによって耶蘇教の疑いか
ら免れるためであった。この句は、仏教への皮肉なあてこすりの
ようで、その背景には宗教が政治や社会問題に干渉しすぎている

という理由が存在している。

仲人へ四五日のばすひくい声　　古

"Postpone it a few days,"
　　　She says to the go-between,
　　In a low voice.

婚礼の日は決まっているが、母親は仲人に、ある理由のため
[娘の生理の場合が多い]、4、5日延期しなければならないと告げる。
まわりにだれもいないのに、それを口にするとき、彼女は声をひ
そめる。

雨やどり額の文字を能くおぼへ　　古

A shelter from the rain;
　　　Learning by heart
　　The words on the tablet.

男が寺かどこかの脇を通っているとき、突然夕立にあった。す
ぐさま楼門の下で雨やどりをしていると、頭上に見える額の文字
を繰り返し眺めるうちに、覚えなくていいはずのことばをひとり
でに覚えてしまう。

冷へまするなどと火鉢で洗ふやう　　古

Saying, "It's getting cold," and so on,
　　　As if washing their hands
　　In the brazier.

「洗ふよう」とは、火鉢の上で手を
温めるのに揉んだり擦ったりするよう
すを、手洗いに喩えたもの。

寝て居るは第一番の薬取{くすりとり}　　　古

> The one asleep, —
>> He's the first who came
> To get the medicine.

　昔は、薬を取りに来たひとを、医者の家の玄関前で、とてつもなく長い間待たせておくのが通例だった。しかも長蛇の列である。ひとり眠っているひとがいる。どうやら一番乗りで、待ちくたびれてしまったようだ。

寒念仏{かんねんぶつ}ころぶと見れば女也　　　古

> Reciting the Nenbutsu in the coldest season;
>> One fell over, —
> Ah, it's a woman!

　雪の中を一列に並んで歩くひとびとは、見た目にも感覚的にも、男女の区別がつかない。凍ったところで足を取られ、つるっと滑った者がいて、赤い襦袢のようなものが見え、立ち上がる所作から、女性であることがわかった。

女房を雪にうづめて炭をうり　　　古

> Burying his wife
>> In the snow,
> He sells charcoal.

　これは蕪村が感心するような句である。というのも、白い雪と黒い炭の対照が鮮烈だからである。この句の川柳的な特質は、「女房を雪にうづめて」という滑稽なまでに過激な表現の中に現れており、「妻を雪に覆われた小屋に残す」という、なんの変哲もないいい回しをひねったものである。

返事書く筆のじくにて王を逃げ　　古

> While writing the answer,
>> With the handle
> He moves the king out of danger.

将棋をさしているときに、急を要する手紙を使いの者が持って
くる。筆をとって返し文を書くが、心は半ばまだ将棋盤の上に
あって、筆の軸で王手になった王を動かす。

船頭の女房能い日にせんたくし　　古

> The boatman's wife
>> Has chosen a fine day,
> For the washing.

空は青く、軽快な雲が空を横切って、駆けっこをしているよう
だ。川には舟が繋がれ、板張りの上では洗濯のばちゃばちゃいう
音が微風になびく。この句は、語法から見れば川柳であるが、景
色は俳句にふさわしい。

羽子板で茶を出しながら逃支度　　古

> Offering the tea
>> On a battledore,
> Prepared to run away.

この句の価値は簡潔さにあって、日常生活の一コマを切り取っ
た瞬間の風景画の趣がある。正月の酔客が、女の子たちが羽子板
で遊んでいるところへやって来る。男は喉がカラカラのようで、
女の子のひとりが気を利かせて羽子板にお茶をのせて持ってきて、
男に恐る恐る差し出すやいなや、すぐさま逃げようとする。

夕立の戸はいろいろにたてゝ見る　　古

> A sudden shower;

Putting up the shutters
In this place and that place.

　雨戸をたて始めていると、雨が横からなぐりつけてくる。二階に上がるとだいじょうぶだと思っていると、突風が軒下に雨を吹き込む。みんなであわてて駆けずりまわって、あちこちの雨戸をたてている。

　じつとしてゐなと額の蚊を殺し　　　古

"Keep still a moment!"
　　And killed the mosquito
On the forehead.

　この句のユーモアは、二人の男の顔の表情にある。ひとりは馬鹿みたいにぽかんとうつろで、もうひとりは馬鹿みたいに真剣そのものである。そしてもっというと、それはできるだけやさしく蚊を叩き潰す前の一瞬のつかの間にすぎないのである。

　道問へば一度にうごく田植笠　　　古

Asking the way,
　　All the *kasa* of the rice planters
Move together.

　この句はまさに俳句といっても過言ではないが、田植えをしているひとたちの菅笠が一方向にそろって動く瞬間の驚きと面白さがあって、まさに川柳としかいいようのない要所が備わっている。

　関守の声を越へるとまねて行く　　　古

After passing the barrier,
　　They go off
Imitating the guard.

　関所を通り過ぎるまでは、通行人はみな言いなりでおとなしく

しているが、姿が見えない声も届かないところまで来ると、関守の横柄な口調で軽蔑をこめてまねる。「通れ、この小生意気でむかつく野郎め！」と吐き捨てるようにいう。

牛方のあきらめて行く俄雨　　古

> In the sudden shower,
> 　The cow-man walks along
> Resignedly.

牛は、いわゆる「のろまな動物」といわれている。さかだちしても、急がせることはどう見ても不可能といわざるをえない。にわか雨の中でも、牛方［牛飼い］は、牛歩のペースで歩いていく。あるがままにまかせるということか。

母親が来ても上らぬ奴凧　　三太郎

> The Yakko kite;
> 　Even the mother comes,
> But it won't rise.　　*Santaro*

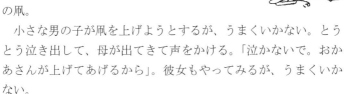

「奴凧」は、奴［江戸時代の武士の家来］が筒袖［袂がなくて筒形に仕立てた袖］を着て、左右に両手を広げた形の凧。

小さな男の子が凧を上げようとするが、うまくいかない。とうとう泣き出して、母が出てきて声をかける。「泣かないで。おかあさんが上げてあげるから」。彼女もやってみるが、うまくいかない。

訳者あとがき

　葉の裏に青い夢見るかたつむり　　ブライス

　R. H. ブライス（1898-1964）は、ロンドン大学卒業後、京城帝
国大学の外国人教師としての職を、1924年（26歳）から、母国
イギリスへ1年間の帰国をはさんで15年間務めた。その京城時
代に創作した唯一の句として残っているのが、上記の作品である。
この句を読むたびに、彼が生涯をかけて情熱を注いだ、俳句や川
柳を英語に翻訳する地道な営為を日々黙々と続ける姿が彷彿とさ
れるのである。「かたつむり」にとって「青い夢」とは、「葉の
裏」から想像して見える、葉の表の陽光のまぶしい日の光の当た
る別世界のことかもしれない。翻訳が原作を夢見ることにほかな
らないとすれば、「かたつむり」とはブライスが投影した刻苦勉
励する自己の姿の、まさに的確なイメージではなかっただろうか。
　第二次世界大戦の勃発した1年後、ブライスは日本に居を移し、
本格的な日本文学ならびに日本文化の研究者の道を切り開こうと
した矢先、1941年に太平洋戦争が起こる。敵性外国人として最
初に石川県の金沢警察署に抑留され、3か月後には神戸の交戦国
民間人抑留所に収容され、およそ3年半の長きにわたる収容所生
活を余儀なくされた。自由を奪われたこの極限の危機的状況の中
で、心の平衡を保つため生への希求を秘めた翻訳という行為を続
けるのに、世界で最も短い詩である俳句や川柳ほどふさわしいも
のはほかになかったかもしれない。もちろん常人にはとうていか
なわない忍耐力と努力の賜物であるのはいうまでもない。
　日本の敗戦という結果によって、抑留から解放される幸運に恵

まれたものの、日本から手痛い仕打ちを受けたにもかかわらず、平和主義者であるブライスは日本文学の精華といえる短詩型文学の翻訳と解説をまとめた重要な記念すべき著作を、1949年に『俳句』第一部作と、本書『日本の風刺詩　川柳』という表裏一体ともいえる代表作を、同時に2冊世に送り出した。『俳句』はその後も3年かけて、全四部作というシリーズの大著へと発展し、特にアメリカの文学者たちに多大な影響を与える。たとえば、そのひとりである J. D. サリンジャー（1919-2010）は、自らの小説の脚注で、ブライスを実名で登場させている。

　　……日本の最良の短詩は、特に俳句そして川柳であるが、R. H. ブライスがその解説の任に当たると、特別な満足感を持って読める。もちろん、ブライスはときおり危険であると思うのは、彼自身威圧感のある古臭い詩そのものであるからだが、荘重な威厳を湛えている。そもそも安全などというものを求めて詩に近寄っていくものが果たしているだろうか。……

　　　　　　　　　（J. D. サリンジャー「シーモア：序章」より）

　サリンジャーのブライスへの注釈は、近寄りがたい奇矯な人物像と同時に並々ならぬ畏敬の念をも伝える、短いながらも忘れ難い文章である。サリンジャーがブライスの俳句だけでなく川柳も分け隔てなく取り上げているのは珍しく、おそらく両方の著作に目を通した証左であろう。その意味で、サリンジャーはアメリカ文学者のなかでも例外中の例外のような気がする。
　アメリカでの禅と俳句の流行の中で、川柳だけが置き去りにされたかたちとなったことに、ブライスは川柳に対する日本人の専門家たちの評価を含め、その不満を終生持ち続けた。この『日本の風刺詩　川柳』によって、なんとかして俳句同様いやそれ以上

に川柳の持っている美質を、世界文学の中の風刺というジャンルに腑分けし、この短い類まれな表現形式の文学が、世界文学のモデルとして通用することを喧伝する新しい試みであった。その試みが残念ながら世に認められなかったのは、運命というものの皮肉である。一方で俳句の英語圏への浸透の立役者であったブライスにとっては、栄光と悲惨の両方を味わう辛酸をなめ尽くしたわけである。

　個人的な事情を記させてもらえれば、今から約半世紀前の大学時代、購買部で本書を入手した。7回ほどの引越しにも耐え、古本屋の手に渡ることもなく所有し続けた、いまでは珍しい稀覯本である。退職してようやく時間が出来て、コロナ禍の中ふと手に取った本である。アメリカのユーモアを研究していた縁から、日本のユーモアを説いた数少ない英語の文献であるこの本が、無言のうちに手招きしていたのかもしれない。昨年、半年ほどかけてゆっくり日本語に直していきながら、江戸時代に空想の翼を広げ、明治・大正・昭和の日本にも遊ぶことができたのが、なにより得難い経験であった。訳稿が仕上がってから、畏敬する友人の寺島俊穂、木村聡雄、結城英雄の諸氏から、温かい激励の感想をいただいた。

　出版するのは難しいと思ったが、そもそも最初の翻訳書はアメリカの小さな出版社から出してもらった。その出版社にたどり着くまで、カナダで出版社を捜し、アメリカの大学出版局からも断られながら5年もの歳月を要した記憶がよみがえってきた。地道にこつこつゆっくりと時間をかけて探せばいいと思いつつも、今年はブライス生誕125年、来年は没後60年という記念すべき節目である。そうなると、今年か来年に出版してくれるところが見つかれば理想的なのにというあせりもあった。そのような状況下で、花伝社の編集者の佐藤恭介さんがこの本を拾い上げてくだ

さった。原書にある、谷脇素文（1878-1946）の大正末期から昭和初期に一世を風靡した「川柳漫画」も載せましょうというありがたいご提案までいただいた。その間、著作権継承者に関して、ブライスの著作のほとんどを出版していた北星堂書店の元編集者の本城正一さんから貴重な情報を得ることができた。その結果、ブライスのご親族のおひとりである武田雄二氏と、タトル・モリエイジェンシーの森健一代表取締役社長の仲介により連絡が取れ、ブライスの著作権継承者である高名な翻訳家のノーマン・ワデル氏を紹介していただいた。そしてご快諾をいただいてようやく本書の出版が可能となったといういきさつである。多くの方々のご協力とご助言の賜物であることを痛感している。心より感謝を述べさせていただきたい。

　ブライスの著作の本邦初訳は、2004年に『俳句』（村松友次・三石庸子共訳、永田書房）として出版されたが、残念なことに現在は絶版であり、ブライスの著作を日本語で読むことはかなわない。生誕125年目を迎える今年に、ブライスが愛情を傾けた『日本の風刺詩　川柳』を出版できることは、訳者にとって身に余る光栄である。日本の川柳愛好家の方々、そして俳句との比較研究の重要な書物であることも考慮すると、俳句の愛好家の方々にも、読んでいただけると裨益すること大であると願って、ペンを擱くことにしたい。

2023年7月23日

訳者識　於吉備津神社

[著者]
R. H. ブライス（Reginald Horace Blyth）
1898年、イギリス、エセックス州レイトン生まれ、1964年、脳腫瘍で東京にて逝去。享年65。第一次世界大戦の良心的兵役拒否のため、ロンドンの監獄に18歳から21歳の約3年間収監。太平洋戦争中は日本で交戦国民間人抑留所に約3年半収容される。そうした逆境の中から、日本文学と文化の禅・俳句・川柳という平和のシンボルを英語圏に発信し続け、なかでもアメリカにおける禅と俳句ブームの火付け役を果たした。第二次大戦後は学習院大学外国人教師として勤務し、昭和天皇の「人間宣言」の英文草稿を作成し、皇太子（現上皇陛下）殿下の英語の個人教授を亡くなるまで十数年務めた。1954年、『禅と英文学』（1942）と『俳句』四部作（1949-52）によって、東京大学より文学博士号授与。1959年、勲四等瑞宝章受章。

[訳者]
西原克政（にしはら・かつまさ）
1954年、岡山県に生まれる。翻訳家。訳書に *The Singing Heart*（山本健吉編『こころのうた』の英訳、Katydid Books）、『定本 岩魚』（童話屋）、『えいご・のはらうた』（童話屋）、『谷川俊太郎の詩を味わう』（ナナロク社）、『自選 谷川俊太郎詩集』（電子書籍、岩波書店）。これまで谷川俊太郎の8冊の詩集の英訳を共訳者のウィリアム・I・エリオットと電子書籍で刊行している。近刊に『対訳 厄除け詩集』（田畑書店）。

日本の風刺詩　川柳

2023年9月25日　　初版第1刷発行

著者 ——— R. H.ブライス
訳者 ——— 西原克政
発行者 —— 平田　勝
発行 ——— 花伝社
発売 ——— 共栄書房
〒101-0065　東京都千代田区西神田2-5-11出版輸送ビル2F
電話　　　　03-3263-3813
FAX　　　　03-3239-8272
E-mail　　　info@kadensha.net
URL　　　　https://www.kadensha.net
振替 ——— 00140-6-59661
装幀 ——— 生沼伸子
印刷・製本— 中央精版印刷株式会社

ISBN978-4-7634-2082-4 C0092